目次

南 英男

毒蜜 残忍犯
決定版

実業之日本社

実業之日本社文庫

毒蜜　残忍犯　決定版

プロローグ

寒気が鋭い。

吐く息は、たちまち白く固まった。体の芯《しん》まで凍《こご》えそうだ。

男は、すでに三十分以上も風林《ふうりん》会館の横に立っていた。

一月下旬のある夜だ。十一時過ぎだった。

新宿の歌舞伎《かぶき》町は、まだ賑《にぎ》わっていた。酔った男たちが、ひっきりなしに通りかかる。ホステスたちの姿も目につく。舗道には得体《えたい》の知れないアジア系の外国人たちがたむろしていた。

男は新聞記者だ。

一週間前の深夜、たまたま彼は取材の帰りに中国人マフィア同士の乱闘を目撃した。

事件現場は、あずま通りから少し奥に入った路地だった。中国人経営の小さな飲食店が多く、日本人はあまり近づかない地域だ。その夜も人影は少なかった。

それぞれ青龍刀《せいりゅうとう》を持った三人組と牛刀を握りしめた二人組が声高《こわだか》に罵《ののし》り合いながら、刃物を振り回していた。青龍刀と牛刀が触《ふ》れ合うたびに、小さな火花が散った。

三対二の争いに気づいたのは、新聞記者だけではなかった。通り合わせた日本人の男女が数人は騒ぎを見ていた。

しかし、新聞記者以外の者は誰もがそそくさと遠ざかった。事件に巻き込まれることを恐れたのだろう。血の雨が降ることを予想した者もいたにちがいない。

だが、新聞記者は見過ごすことができなかった。入り乱れて闘っている五人の男を大声で諫《いさ》めた。

すると、牛刀を構えていた男が振り返った。

そのとき、喧嘩相手のひとりが青龍刀をほぼ水平に泳がせた。次の瞬間、凄《すさ》まじい声が夜気《やき》を震《ふる》わせた。振り向いた男の首は刎《は》ねられ、宙を舞っていた。

仲間を殺された男は牛刀を投げ捨て、三人組に命乞《ご》いをした。

しかし、無駄だった。三人組のひとりが、ひざまずいて震えている男の首を青龍刀で斜めに断《た》ち落とした。残忍な殺し方だ。惨《むご》すぎる。

新聞記者は恐怖で体が竦《すく》んでしまった。

動くに動けなかった。舌が強張《こわば》り、声も出せない。

三人組は血糊《ちのりまみ》塗れの青龍刀を新聞紙で包むと、素早く路地の奥に消えた。新聞記者は懐《ふところ》からスマートフォンを摑《つか》み出し、震える指で一一〇番通報した。

パトカーは、およそ四分で事件現場に到着した。それまでの時間が、ひどく長く感じられた。

新聞記者は素姓《すじょう》を明かし、事情聴取に積極的に協力した。

被害者の二人の身許《みもと》は、その夜のうちに地取り捜査で判明した。事件の一部始終を目撃していた中国人留学生がいたのだ。殺された二人は上海《シャンハイ》出身の不法滞在者で、どちらも上海マフィアのメンバーだった。逃げた三人組は北京《ペキン》マフィアと思われる。

両派は偽造ICカードの密売エリアを巡って、数カ月前から対立していた。

犯人グループは地下に潜《もぐ》ったきり、いまも捜査網には引っかかっていない。

凶悪な殺人事件の目撃者になった新聞記者は、何とか自分の手で犯人たちを捜したかった。スクープを狙《ねら》う気持ちもなくはなかったが、そのうち新宿のアジア系不法滞在者をテーマにした特集記事を書くことになっていた。

そのとき、事件のことを枕に振れると考えたわけだ。チャイニーズ・マフィアに精《くわ》しい日本人情報屋に探《さぐ》りを入れてみると、三人組のひとりの元愛人とは面識があるという。

新聞記者は渡りに舟とばかりに、その女性と会えるよう段取りをつけてもらったのである。彼はテレビのドキュメンタリー番組の件で日東《にっとう》テレビの美人ディレクターから取材した後《あと》、歌舞伎町に足を踏み入れた。

だが、相手の女性は待ち合わせの場所に現われない。約束は十時半だった。

虚偽情報《ガセネタ》を摑まされたのか。

新聞記者は、情報屋に連絡をする気になった。コートの内ポケットからスマートフォンを取り出したとき、着信音が響きはじめた。

新聞記者はスマートフォンを口許に近づけた。

「わたし、呉香 蓮《ウーシャンシエン》です」

若い女性が、のっけに告げた。いくらか訛《なまり》のある日本語だった。会うことになっていた相手である。

「なぜ、約束の場所に来てくれなかったのかな」

「ごめんなさい。外であなたと会う、それよくない。危険ですので」

「危険だって⁉ いま、きみはどこにいるの？」

「近くです。わたし、ホテルにいる」

「ホテルの名は？」

新聞記者は訊《き》いた。

香蓮《シャンシェン》がホテルの名を口にした。風林会館のすぐ裏手にあるホテルだった。一応、シティホテルだが、情事に使われることが多い。

「わたし、七〇五号室にいる。部屋で、上海の男たちを殺した人たちのこと話します」

「わかった。すぐに行くよ」

新聞記者は電話を切った。

目的のホテルまで、二分もかからなかった。フロントには初老の男がいたが、別に何も言われなかった。新聞記者は慌《あわ》ただしくエレベーターに乗り込んだ。七階で降りる。

七〇五号室のドアをノックすると、二十四、五歳と思われる女が現われた。やや目に険《けん》があるが、なかなかの美人だ。

光沢《こうたく》のある青いチャイナドレスに身を包んでいる。胸は豊かだった。ウエストのくびれも深い。

「呉香蓮《ウーシャンシェン》さんでしょ？」

新聞記者は確かめた。

「ええ。約束のお金は？」

「ちゃんと用意してきたよ」

「なら、早く中に入って」

香蓮《シャンシェン》がドアを大きく開け、新聞記者の腕を引いた。

新聞記者は室内に入った。ツインベッドの部屋だった。

香蓮《シャンシェン》がベッドの際《きわ》にたたずみ、手早くチャイナドレスを脱ぎ捨てた。ドレスの下には一糸《いっし》もまとっていない。肉感的な肢体《したい》が眩《まばゆ》かった。

「な、何をしてるんだ⁉」

新聞記者は、わけがわからなかった。

香蓮《シャンシェン》が艶然《えんぜん》と笑い、白い裸身をベッドに横たえた。仰向《あおむ》けだった。逆三角に繁《しげ》った飾り毛が肌の白さを際立《きわだ》たせている。

香蓮《シャンシェン》が両膝《りょうひざ》を立て、こころもち脚《あし》を開いた。秘めやかな場所は赤い輝きを放っている。

「なぜ、そんな真似《まね》をするんだ？」

「昔は好きだった男を売ること、ちょっと辛《つら》い。わたし、何かきっかけが欲しいね。だから、あなたに抱かれたい」

「服を着てくれないか」

新聞記者はベッドに背を向けた。

これは何かの罠《わな》にちがいない。新聞記者は、そう直感した。

そのとき、バスルームのオフホワイトの扉が開いた。誰かが潜《ひそ》んでいたようだ。新聞記者は緊張した。

姿を見せたのは、黒いキャップを目深《まぶか》に被《かぶ》った三十歳前後の男だった。黒革のロングコートを羽織《はお》っている。一週間前に見た三人組とは別人だ。

「誰なんだ、きみは？」

新聞記者は問いかけた。

男は返事をしなかった。歪《いびつ》な笑みを浮かべ、ロングコートの中を探《さぐ》った。

腰の後ろから取り出したのは、かなり使い込んだ青龍刀だった。刃渡りは優《ゆう》に五十センチはありそうだ。

「わたしを騙《だま》したんだなっ」

新聞記者はベッドの香蓮《シャンシェン》を詰《なじ》った。香蓮《シャンシェン》は冷笑しながら、青いチャイナドレスをまといはじめた。

「北京マフィアだな？」

新聞記者は恐怖を捩伏《ねじふ》せ、青龍刀を持った男を睨《にら》みつけた。

「日本語、よくわからない。北京語《プートンクア》だけね」

男がたどたどしい日本語で言い、香蓮《シャンシェン》に目配せした。

香蓮《シャンシェン》がベッドを降り、テレビの電源スイッチを入れた。画面に関西のお笑いタレントが映し出された。音声は、だいぶ大きかった。

「わたしをどうする気なんだ⁉」

新聞記者は本能的に後ずさった。

男が残忍そうに薄い唇をたわめ、左手で腰からトカレフを引き抜いた。黒い銃把《グリップ》には、星の刻印があった。中国でパテント生産されている黒星《ヘイシン》だ。英語では、ブラックスターと呼ばれている。正式な名称はノーリンコ54だ。

「おまえ、坐る。正坐、正坐するね」

男が銃口を新聞記者に向け、感情の籠《こも》らない声で命じた。

いつの間にか、香蓮《シャンシェン》は新聞記者の背後に回っていた。その右手には、真新しいアイスピックが握られている。

「わたしを殺す気なんだなっ」

新聞記者は床に膝《ひざ》を落とすと見せかけ、目の前にいる男に体当たりをくれる気になった。

だが、相手はそれを見抜いていた。敏捷《びんしょう》に半歩退《さ》がり、右手に握った青龍刀を勢いよく薙《な》ぐ。空気が縺《もつ》れた。

肉と骨を断つ音が響いた。
頸動脈《けいどうみゃく》から血煙が上がる。新聞記者の首は一刀で刎《は》ねられた。切断された頭部は壁にぶち当たり、反動で薄茶のカーペットの上に転げ落ちた。その両眼は、恨《うら》めしげに虚空《こくう》を見据《す》えていた。

翌日の早朝、男の首なし死体が多摩川《たまがわ》下流の西六郷《にしろくごう》の河川敷《かせんしき》で発見された。発見者は近くに住む中年男性だった。ジョギング中に、顔のない惨殺体を見つけたのである。所持品から、被害者の身許は割れた。毎朝《まいちょう》タイムズ社会部の藤原孝道《ふじわらたかみち》、三十五歳だった。

警視庁は同じ日の正午前、所轄の蒲田《かまた》署の要請を受けて捜査本部を設《もう》けた。初動捜査に投入された警察官は、およそ二百人だった。

第一章　惨殺された旧友

1

卓上に札束《さつたば》が重ねられた。

帯封の掛かった百万円の束は、ちょうど二十個あった。たった数日の仕事で、二千万円の報酬は悪くない。

多門剛《たもんごう》はほくそ笑《え》み、ロングピースに火を点《つ》けた。

新宿の西口にある高層ホテルの一室だ。センターテーブルを挟《はさ》んで向かい合っている四十一歳の男は、ゲームソフト開発会社の社長である。

「あなたのおかげで、今夜からぐっすり眠れそうです」

「そいつはよかった」

多門は、きっとした奥二重《おくぶたえ》の目を和《なご》ませた。三十五歳の彼は、裏社会専門の始末屋だ。世の中には、表沙汰にはできない各種の揉《も》め事が無数にある。多門は体を張って、さまざまなトラブルを解決させていた。いわば、交渉人《ネゴシエーター》を兼ねた揉め事請負人《トラブル・シューター》である。

依頼人の社長は妻子持ちだが、両刀遣《バイセクシュアル》いだった。元ファッションモデルの美青年を囲っている。

そのスキャンダルをブラックジャーナリストに知られ、二億円の口止め料を要求されたのだ。相談を受けた多門は脅迫者の弱みをいくつか押さえてから、会いに出かけた。

ブラックジャーナリストは、多門を見ただけで震え上がった。脅迫の事実を認め、素直に詫《わ》びた。

多門は巨漢である。身長百九十八センチで、体重は九十一キロだ。

筋肉質で逞《たくま》しい。ことに肩と胸が厚かった。二の腕の筋肉は、瘤状《こぶじょう》に盛り上がっている。ハムの塊《かたまり》よりも数倍は太い。色が浅黒く、体毛も濃かった。

そんな体型から、〝熊〟という綽名《あだな》がついていた。〝暴《あば》れ熊〟と呼ぶ者もいた。

体軀《たいく》は他人に威圧《いあつ》感を与えるが、顔そのものは厳《いか》つくない。やや面長《おもなが》な童顔だ。

餓鬼《がき》大将がそのまま大人になったような面相である。

笑うと、とたんに太い眉《まゆ》と目尻が下がる。三十歳そこそこにしか見られないことが多い。

「紹介者からうかがったのですが、多門さんは二十代の半《なか》ばごろ、陸上自衛隊第一空挺団にいらしたんだそうですね？」

依頼人が大判の蛇腹封筒に札束を収めながら、確かめるような口調で問いかけてきた。

「ええ、まあ」

「エリート自衛官だった方が、どうしてまた……」

「いろいろあったんでね」

多門は曖昧《あいまい》に答え、短くなった煙草の火を消した。

胸には、ほろ苦いものが拡《ひろ》がっていた。上官の妻との恋に破れ、ものの弾《はず》みで彼女の夫を半殺しの目に遭《あ》わせてしまったのだ。部隊に戻れなくなった多門は、なんとなく新宿に流れついた。

泥酔した彼は、ささいなことで関東義誠《ぎせい》会田上《たがみ》組の組員たちと大立ち回りを演じた。それが縁で、田上組の世話になることになった。柔道三段の大男は武闘派やくざとして、めきめきと頭角を現わし、やがて舎弟頭《しゃていがしら》になった。スピード出世である。

しかし、多門は三十三歳のときに組を脱《ぬ》けた。デートガールたちの管理という仕事に耐えられなくなったからだ。多門は老若《ろうにゃく》や美醜に関係なく、すべての女性を観音《かんのん》さまのように崇《あが》めている。そうした女性観を持つ男が、デートガールたちを喰《く》いものにすることはできなかった。

足を洗うと、多門はいまの稼業に就《つ》いた。

闇社会には醜い欲望が渦《うず》巻いている。当然のことながら、アウトローたちのせめぎ合いは烈《はげ》しい。裏切りは日常茶飯事《さはんじ》だ。

仕事の依頼は割に多い。

その大半は、荒っぽい手段で揉め事を解決しなければならなかった。そのつど、身に危険が迫る。殺されかけたことは一度や二度ではない。

それだけに成功報酬は悪くなかった。毎年五、六千万円は稼いでいる。だが、収入のほとんどは酒と女遊びで消えてしまう。

その遣《つか》い方は豪快だった。多門は気に入ったクラブがあれば、ホステスごと店を一晩借り切る。その上、大酒飲みで大食漢だった。

身に着《つ》ける物も一級品を好む。しかも、服や靴はすべてオーダーメイドだった。出来合いの衣服は、どれも小さすぎる。足のサイズは三十センチもあった。

多門は高収入を得ながらも、いまも代官山《だいかんやま》の賃貸マンション住まいだった。間取りは１ＤＫだ。終日、部屋に閉じ籠《こも》っていると、息が詰まってしまう。懐が豊かなときは、ほとんど自宅マンションにはいない。

「領収証は必要ありません」

依頼人が二千万円の入った蛇腹封筒を前に押し出した。

「そいつはありがたいな」

「多門さん、わが社の渉外担当の顧問になっていただけませんかね。急成長をやっかまれているのでしょうが、新開発のゲームソフトを出すたびに、盗作だとか何だとか因縁《いんねん》をつけてくる企業恐喝屋が必ずいるんですよ」

「そうなのか」

「それから、ハッカーにも企業秘密を盗まれたりしています。そうした目障《めざわ》りな連中を排除してくれたら、年に五千万円差し上げます。いかがでしょう？」

「せっかくの話だが、特定の誰かに縛《しば》られるのはどうも苦手で」

「そういうことなら、諦《あきら》めざるを得ないでしょうね」

「申し訳ない。何か困ったことがあったら、また声をかけてください」

多門は大判の蛇腹封筒を摑み上げ、ソファから立ち上がった。

依頼人に見送られて一一〇五号室を出る。十一階だった。多門はエレベーターで、地下二階の駐車場に降りた。

メタリックブラウンのボルボXC40に乗り込む。六百三十万円で購入したスウェーデン製の大型車は、何度も知り合いの闇金融業者に借金の担保《たんぽ》として預けてきた。

そんなことで、まだ走行距離は一万キロに満たない。エンジンは快調だった。

とりあえず、どこかで何かうまいものを食べることにした。

多門はグローブのような手で助手席に置いた蛇腹封筒を撫《な》で、イグニッションキーを捻《ひね》った。午後二時を回っていた。空腹だった。朝食にフランスパンを丸々一本齧《かじ》ったきりで、ほかは何も口に入れていない。

多門はボルボを発進させた。

ホテルの駐車場を出たとき、スマートフォンが着信音を発しはじめた。ステアリングを操《あやつ》りながら、多門はスマートフォンをスピーカーモードにした。

「わたしよ」

新森《にいもり》美寿々《みすず》だった。二十四歳のクラブ歌手である。

「よう、美寿々ちゃん！　会いてえな」

「いろんな女性に、同じことを言ってるんじゃない？」

「おいおい、あんまりいじめないでくれよ。おれは美寿々ちゃん一筋なんだから」

多門は言った。美寿々に惚《ほ》れていることは嘘ではない。しかし、ベッドを共にしてくれる女友達は彼女だけではなかった。ほかに十数人はいる。

多門は無類の女好きだった。

それも、惚れやすい。色気があって気立てのいい女性と知り合うと、たちまち好きになってしまう。むろん、抱きたくもなる。

いったん惚れた相手には、物心両面でとことん尽くす。

それが多門の生き甲斐《がい》だった。そんな性格だからか、深い仲になった女性を自分から棄《す》てたことはない。

「いま、忙しい?」

「特に予定はないよ」

「だったら、わたしのマンションに遊びに来ない？　気まぐれに寄せ鍋をこしらえちゃったの。考えてみたら、一緒に鍋をつつく相手がいなかったのよね」

「確かに寄せ鍋をひとりで喰っても、うまくないよな」

「そうよね。クマさん、つき合ってくれる?」

「ちょうど腹ペコだったんだ。ありがたいお誘いだよ」

「ね、どこにいるの?」

「西新宿にいるんだ。十分かそこらで、美寿々ちゃんのとこに行けるだろう」

「それじゃ、待ってるわ」

美寿々が電話を切った。彼女が借りているマンションは東中野《ひがしなかの》にあった。

多門は山手《やまて》通りにぶつかると、ボルボを右折させた。目的のマンションは、JR中央線東中野駅から、四、五百メートル離れた住宅街の一角に建っている。八階建てで、外壁は薄茶の磁器タイル張りだった。

多門はボルボをマンションの前の道に駐《と》め、大判蛇腹封筒を手にして路上に降りた。

マンションの表玄関は、オートロック式ではなかった。管理人もいない。

多門は勝手にエレベーターで五階に上がり、五〇五号室のインターフォンを鳴らした。

すぐに美寿々の声で応答があって、ドアが開けられた。

部屋の主は、きょうも美しかった。彫《ほ》りが深く、どことなく日本人離れしている。セミロングの髪は豊かだった。

多門は巨体を屈《かが》めて、部屋の中に入った。1LDKだ。

中央にリビングがあり、左手にダイニングキッチンがある。ダイニングテーブルの簡易コンロの上には、土鍋《の》が載っていた。

「ばかみたいよね、わたしって。ひとり暮らしなのに、寄せ鍋なんか作っちゃって。以前にも、こんなことが何回かあったわよね」

「そうだったな。仕事で何か辛《つら》いことがあったのかな？」

「ううん、そんなんじゃないの。ただの気まぐれよ」

美寿々がことさら明るく言った。

「何があったのか、おれに話してくれないか。寄せ鍋を作るときは、いつも少しめげてたじゃないか」

「たいしたことじゃないの。また、CDデビューの話がポシャっちゃったのよ。かなり具体的な話まで進んでたんだけどね」

「そいつは残念だったな。大手レコード会社からCDを出してもらうのは、かなり大変なんだろ？　楽曲のネット配信がメインになったからな」

「そうなのよ。想像以上に、大変なことみたい」

「いっそ、自分のレーベルをこしらえちまえよ。最近はインディーズ系のシングルやアルバムを置いてくれるCDショップが増えてるって話じゃないか。もちろん、ネットで配信もできる」

「わたしは、しがないクラブ歌手よ。自分のレーベルを持てるほどリッチじゃないわ。といって、ユーチューブで〝投げ銭〟をいただくのも惨《みじ》めな気がするのよね」

「金なら、おれが何とか都合つけるよ。とりあえず、この大判蛇腹封筒に入ってる二千万円を遣《つか》ってくれ」

多門は大判の蛇腹封筒をダイニングテーブルの上に置いた。

「そのお金、どうしたの⁉ まさか……」

「現金輸送車を襲ったんじゃないぜ。まともな銭だから、安心してくれ。おれが持ってても有効な遣《つか》い方できないから、美寿々ちゃんの好きなように遣ってもらいたいんだよ」

「そんなこと、駄目よ。自分のレーベルを作れたとしても、芽が出るかどうかわからないもの」

「だったら、どこかのビルの地下フロアを借りて、ライブハウスをオープンさせなよ。いつだったか、酔っぱらいたちに媚《こ》びるような歌をいつまでも歌いつづけたくないって言ってたよな？」

「ええ、それはね」

「それなら、自分のライブハウスで好きな歌だけを思いっきり歌うといいよ」

「クマさん……」

美寿々の語尾が湿った。

「女に泣かれると、おれ、どうしていいかわからなくなるんだ」

「ありがとう。クマさんの気持ち、とっても嬉《うれ》しいわ。でも、そのお金は持って帰って」

「いったん出したものを引っ込めることなんかできないよ。それより、寄せ鍋をご馳走《ちそう》になるか」

多門はダイニングテーブルに向かい、土鍋の蓋《ふた》を取った。

美寿々が涙を拭《ぬぐ》って、手早く箸《はし》の用意をする。

二人はビールを飲みながら、鍋をつつきはじめた。多門は少しも遠慮しなかった。ダイナミックに食べつづけた。美寿々は少し白菜を食べただけで、多門の健啖《けんたん》ぶりを頼もしげに眺めていた。

ほどなく鍋は空《から》になった。

「うまかったよ。おれひとりで喰っちまったな。ごめん！」

「いいの。あんなふうにおいしそうに食べてもらえると、作り甲斐があったわ」

「喰ったら、少し運動しないとな」

多門はにやついて、煙草をくわえた。

「もう少しムードのある誘い方をしてほしかったな。たとえば、『ベッドの中で歌わせたくなったな』なんていうのはどうかしら？」

「そんな気障《きざ》な台詞《せりふ》はこっ恥《ぱ》ずかしくて、おれには言えないよ」

「そうでしょうね。クマさんがそんなことを言ったら、わたし、吹き出しちゃうかもしれないわ」

「どうだい、二人でベッド体操をやらねえか？」

「先にシャワーを浴びてて」

美寿々が恥じらいを含んだ声で言った。

多門は一服し終えると、浴室に足を向けた。手早く裸になり、熱めのシャワーを浴びる。ざっと体を洗い終えたとき、裸の美寿々が浴室に入ってきた。

セクシーな肢体だった。乳房は砲弾型に近く、腰の曲線は美しかった。

多門はいつものように掌《てのひら》にたっぷりボディーソープ液を垂らし、美寿々の滑《なめ》らかな肌に塗りつけはじめた。美寿々は子供のようにおとなしくしていた。

起伏に富んだ全身を撫《な》で回しているうちに、欲望が頭をもたげた。

二人はひとしきり戯《たわむ》れてから、寝室で本格的に情事に耽《ふけ》りはじめた。

多門は、若い女の体を一種の芸術品と考えている。肉体のどのパーツも魅惑的だが、後ろから眺めるヒップが最も美しい。

多門は美寿々の水蜜桃《すいみつとう》を想わせる白い尻をくまなく唾液で濡らしてから、互いの性器を舐《な》め合う姿勢を取った。

二人は濃厚な口唇愛撫を施《ほどこ》し合った。舌の鳴る音が淫猥《いんわい》だった。

いくらも経《た》たないうちに、美寿々は不意に最初の極《きわ》みに達した。

昂《たか》まったペニスを含んだままだった。悦《よろこ》びの声は、くぐもっていた。次の瞬間、熱い息が吐かれた。

「ま、まんず女《おなご》のベロは気持ちいいな」

多門は、思わず郷里の岩手弁で口走ってしまった。極度の興奮を覚えると、きまって舌が縺《もつ》れ、方言が出る。

美寿々の舌の動きが大きくなった。それから間《ま》もなく、彼女は騎乗位で慌《あわ》ただしく体を繋《つな》いだ。密着感が強い。隙間《すきま》はどこにもなかった。

やがて、多門は上体を起こした。いったん対面座位に移り、美寿々を優しく組み敷く。
六、七回浅く突き、一気に深く沈んだ。結合が深まるたびに、美寿々はなまめかしく呻《うめ》いた。呻きながら、腰を動かす。いわゆる迎え腰だ。
多門も律動を速《はや》めた。

「ああ、もう待てない」

美寿々が急に昇りつめ、裸身を断続的に震わせた。内奥《ないおう》の締めつけが、ぐっと強くなった。

多門は雄叫《おたけ》びを放ちながら、勢いよく射精した。美寿々の体は、快感のビートを刻んでいた。二人は余韻《よいん》を全身で汲《く》み取ってから、静かに離れた。

少し経《た》ってから、美寿々がシャワーを浴びに行った。多門はナイトテーブルの上に置いてあった美寿々のヴァージニアスリム・ライトを一本抜き取り、ゆったりと紫煙をくゆらせた。

セックスの後《あと》の一服は、いつも格別な味がする。

多門は煙草の火を灰皿の底で揉《も》み消し、遠隔操作器《リモート・コントローラー》を掴み上げた。

電源スイッチを入れると、壁際の液晶テレビに見覚えのある顔写真が映し出された。

高校時代の友人の藤原孝道だった。

多門は上体を起こし、画面を凝視した。

「今朝《けさ》、惨殺体で発見された藤原さんは毎朝タイムズ社会部の記者でした。詳しいことは、まだわかっていません。次のニュースです」

画像が変わり、男性アナウンサーの顔が映し出された。

藤原が殺された⁉　嘘だべ？　な、なして、あんないい奴が殺されなきゃなんねんだっ。多門は胸底《きょうてい》で呟《つぶや》き、次々にチャンネルを替えた。

あいにくニュースを流している局はなかった。多門はテレビの電源を切った。

旧友の死が信じられなかった。多門は藤原に借りがあった。彼がテストのたびにカンニングをさせてくれたから、なんとか高校を卒業できたようなものだ。

藤原は校内で一、二を争うような秀才だった。それでいて、少しも厭味《いやみ》なところはなかった。多門たち非行グループとも分け隔《へだ》てなくつき合い、一緒に酒を飲んだりする男だった。

まったく受験勉強をしなかった自分が現役で中堅私大に合格できたのは、藤原がそれとなく受験情報や各大学の入試の出題傾向を教えてくれたからだろう。

藤原にいったい何があったのか。多門は天井を振り仰《あお》いだ。

2

死顔は歪《いびつ》だった。

切断された首は丁寧《ていねい》に縫合されていたが、痛ましかった。

首が見つかったのは、惨殺体が収容されてから数時間後だった。犯行現場から数百メートル離れた空き地の枯草の中に転がっていたらしい。藤原の遺体は、調布《ちょうふ》市柴崎《しばさき》にある自宅の一室に安置されていた。仮通夜《かりつや》である。

多門は合掌した。悲しみが込み上げてきた。多門は長く息を吐き、故人の妻に頭を下げた。

未亡人になってしまった瑶子《ようこ》が目礼し、白い布で夫の顔面を覆《おお》う。

三十一歳の瑶子は、楚々《そそ》とした美人だった。泣き腫《は》らした瞼《まぶた》が痛々しい。仮通夜の席に、故人のひとり息子の歩《あゆむ》の姿は見当たらなかった。

「歩君は？」

多門は訊《き》いた。

「母屋《おもや》の方にいるんです」

「そう。歩君は、まだ三歳だったよね」

「ええ。父親が亡くなったことが実感としてわからないようで、主人のお腹に跨《また》がって、パパ、起きてよだなんて……」

瑶子がうつむき、ハンカチで目頭《めがしら》を押さえた。黒いワンピース姿だった。

多門は無言で瑶子の肩口に手を置いた。年に数回、この家を訪れていた。旧友の妻や子ばかりではなく、母屋にいる瑶子の両親とも顔見知りだった。

藤原は入り婿《むこ》ではなかったが、妻の実家の敷地内に自分の家を建てて暮らしていた。

４ＬＤＫの平家《ひらや》だった。

「十分ぐらい時間をもらえないかな。なぜ、こんなことになったのか知りたいんだ」

「わかりました、奥の部屋にどうぞ」

瑶子が静かに立ち上がった。

多門も腰を浮かせ、居合わせた弔問客《ちょうもんきゃく》たちに会釈《えしゃく》した。二人は遺体の安置されている和室を出た。案内されたのは、客間として使われている八畳間だった。多門は座卓を挟んで瑶子と向かい合った。

「司法解剖でわかったことは？」

「凶器は青龍刀のような物らしいんです。それから、犯人が外国人かもしれないというお話でした」

「その根拠は？」

「警察は発表を控えてくれたのですけど、主人は男性のシンボルも切断されていました」

「なんだって⁉　で、ペニスは？」

「どういうつもりなのか、口の中に突っ込んであったそうなの。日本人がそういうことをするとは考えにくいので、犯人は外国人ではないかということになったようです」

「凶器が青龍刀と断定されたのなら、中国人の犯行かもしれないな」

「刑事さんたちも、そう言っていました」

瑶子が、また涙ぐんだ。

多門は、悲しみに打ちひしがれている瑶子の姿を見るのが辛《つら》かった。死んだ藤原や瑶子には、フリーの調査員だと言ってある。自分が事件の解明に乗り出しても、それほど不自然ではないだろう。

「本格的な捜査は警察がやるだろうが、おれなりに少し事件のことを調べてみようと思ってるんだ」

「そうですか」

「藤原のような善人が誰かに恨まれてたとは思えないから、取材で何か知ってはならないことを知ってしまったんじゃないのかな」

「そうなのでしょうか」

「何か思い当たることは？」

「夫は、仕事のことをほとんど話そうとしなかったんですよ。ただ、『ドキュメンタリー報道のあり方』と題したコラムを来月、六回連載で書くことになっていたようです。その取材で、いろんな方たちにお目にかかっていました」

「そう。藤原の手帳かスマホに、会った連中の名前がメモされてたと思うんだが……」

「警察の方にも申し上げたことですけど、ふだん使っていた手帳とスマホがなくなっていました。もしかしたら、犯人が抜き取ったのかもしれません」

瑶子がそう言い、膝の上で濡れたハンカチを裏返しにした。

「そう考えてもよさそうだな。弔《とむら》い客の中に毎朝タイムズの人間が何人かいたようだが、誰か紹介してもらえないか」

「社会部デスクの古賀《こが》さんが居間にいらっしゃいます。その方をご紹介しましょうか？」

「そうしてほしいな」

多門は、のっそりと立ち上がった。

瑶子に導かれ、リビングに入る。そこには、職場の同僚たちが六、七人いた。瑶子が四十三、四歳に見える男に声をかけた。

その彼がデスクの古賀耕治《こうじ》だった。前髪に白いものが混じっているが、まだ顔つきは若々しい。黒っぽい背広を着ていた。中肉中背だ。

多門は自己紹介し、古賀の前のソファに坐った。周《まわ》りにいる客たちが、さりげなく席を外す。

「調査員をされているとか？」

古賀が先に口を開いた。

「ええ」

「フリーとおっしゃられると、弁護士さんや調査会社の依頼でさまざまな調査を手がけられているんですね？」

「そうです」

多門は話を合わせた。まさか非合法の始末屋とは言えない。

「藤原君の事件のことをお調べになりたいとか？」

「どこまで探《さぐ》れるかわかりませんが、藤原には高校時代にさんざん世話になったんです。それに、瑶子さんのためにも早く犯人を見つけ出してやりたいんですよ」

「いいお話だな」

「藤原が何かに怯《おび》えてたなんてことは？」

「そういう様子はうかがえませんでした」

古賀が答え、セブンスターをくわえた。釣られて、多門はロングピースに火を点けた。ひと口喫《す》いつけてから、小声で問いかける。

「仕事上で何かトラブルは？」

「そういうこともなかったはずです。あなたもご存じのように、藤原君は穏《おだ》やかな性格でしたから」

「ええ、そうでしたね。瑶子さんの話だと、藤原は『ドキュメンタリー報道のあり方』と題したコラムをシリーズで書くことになってたとか?」

「ええ。取材は、もう済んでたようです」

「藤原が会った人たちのことはわかります?」

「ええ。第一線で活躍しているノンフィクション・ライター八人、テレビ局のディレクター六人、それからビデオジャーナリストにも三人ほど会ってますね」

古賀がそう前置きし、憶《おぼ》えている限りの個人名を列挙した。ビデオジャーナリストとは、放送記者、テレビカメラマン、レポーターの三役をたったひとりでこなしているジャーナリストだ。ケーブルテレビ局が増えはじめたころに生まれた新しい職業である。

多門は煙草の火を消し、手帳に被取材者の名を書き留《と》めた。

「藤原君がいちばん最後に会ったのは、日東テレビの矢吹千秋《やぶきちあき》というディレクターでした。昨夜《ゆうべ》、藤原君は矢吹ディレクターと新宿のスペイン料理の店で会った後、事件に遭《あ》ってしまったんです」

「その女性ディレクターのことをもう少し詳しく教えてもらえますか」

「わかりました。矢吹さんとは、わたしも面識があります。まだ二十八歳ですが、遣《や》り手のディレクターですよ。社会の暗部を鋭く抉《えぐ》るようなドキュメンタリー番組を次々に制作していますね」

「有能な女性なんだろうな」

「ええ、そうですね。シリアスなテーマが多いので、必ずしも視聴率はよくないようです。ですが、映像ドキュメンタリストとしては優《すぐ》れていると思います。それに、女優並の美人なんですよ。局内には、彼女のファンが大勢いるようです」

古賀がそう言って、フィルターの近くまで灰になったセブンスターを慌《あわ》てて灰皿の中に捨てた。

「被取材者から何か手掛かりを得られるかもしれないな」

「矢吹さんにわたしの名を出してもらえれば、多分、会ってもらえるでしょう。しかし、ほかの被取材者たちとは一面識もありません。ただ、藤原君の高校時代からの友人だとおっしゃれば、どなたも快《こころよ》く会ってくれるんじゃないのかな」

「さっき教えていただいた方たちに一応、会ってみるつもりです」

多門は言った。そのとき、瑶子が多門のために緑茶を運んできた。

「こんなときに、気を遣《つか》ってくれなくてもいいんだ」

「でも、何かしていたほうが気持ちが紛《まぎ》れますので」

「そうかもしれないが……」

「多門さんはお酒のほうがよかったかしら？」

「いや、お茶で充分だよ」

多門は手を横に振った。

瑶子が小さくうなずき、居間から出ていった。

「ところで、藤原は『ドキュメンタリー報道のあり方』とかいうコラムの取材に専念してたんですか？」

多門は古賀に顔を向けた。

「いいえ。彼はコラムの取材と並行して、歌舞伎町で暗躍してる中国人マフィアの実態もルポしていました。いずれ社会面で、不法滞在のアジア人たちのことを特集記事で扱うことになってましたのでね。それに、一週間ほど前にあずま通りの路地で中国人マフィア同士の乱闘がありましたが、通報者は藤原君だったんですよ」

「えっ、マスコミで派手に報じられたあの事件の通報者だったのか⁉　凶器のことも考えると、藤原はチャイニーズ・マフィアに消された可能性が高いな」

「犯行の手口から見て、それは考えられますよね。首を刎ねた後、わざわざ性器を切り取るなんてことは、まず日本人はやらないでしょうから。ペニスのことは、奥さんから聞いたんですよ」

古賀がそう言い、誰かに目で挨拶《あいさつ》した。

多門は小さく振り返った。二十代後半の美しい女性が居間に入ってきた。

「噂をすれば、何とやらです。彼女が日東テレビの矢吹千秋さんですよ。ご紹介しましょう」

古賀が立ち上がった。

多門も腰を浮かせた。古賀が千秋に多門が故人の友人であることを伝える。多門は美人ディレクターと名刺を交換した。

千秋は古賀のかたわらに腰かけた。

渋いグレイのパンツスーツで均斉《きんせい》のとれた体を包んでいる。タートルネック・セーターは黒だった。悪くない配色だ。

瓜実顔《うりざね》は完璧なまでに整っていた。見るからに利発そうだが、取り澄ました印象は与えない。それどころか、匂うような色気を漂《ただよ》わせている。

「そんなにまじまじと見られると……」

千秋の白い顔がほんのり赤く染まった。羞恥《しゅうち》をにじませた風情《ふぜい》も、男の何かをそそった。

「どうも失礼！　そのへんの女優が裸足《はだし》で逃げ出したくなるような方だと思ったもんでね」

「そういう話は、ちょっと不謹慎なんではありませんか？」

「確かにね。神経がラフでした。ごめんなさい」

多門は素直に詫《わ》びた。

勝ち気な美人は嫌いではなかった。肩肘《かたひじ》張って生きているような女性は、意外にもベッドでは色っぽくなったりする。そのギャップを眺めるのは楽しい。

「多門さんは、藤原君の事件のことをお調べになりたいらしいんだ。矢吹さん、ひとつ協力してあげてよ」

古賀がくだけた口調で、千秋に言った。千秋が快諾する。

「いま古賀さんから聞いたんだが、きのうの夜、藤原と新宿のスパニッシュ・レストランで会ったとか？」

「ええ。伊勢丹の近くにある『ガルシア』というお店でお目にかかりました」

「何時ごろ？」

「待ち合わせをしたのは八時半でした。別れたのは、十時五分ごろだったと思います」

「矢吹さんは取材を受けたんですね？」

　多門は確かめ、煙草をくわえた。

「ええ。わたしが手がけているドキュメンタリー番組の題材選びや制作姿勢について、あれこれ質問されました」

「そのとき、藤原の様子はどうでした？　何かに怯《おび》えてるとか、妙に落ち着きがなかったなんてことは？」

「そういうことはありませんでしたね。落ち着いた取材ぶりでした」

「そう。藤原は何か私的な話をしました？」

「いいえ、全然なさいませんでした」

「あなたと藤原は、レストランの前で別れたんですか？」

「はい、そうです」

「そのとき、藤原は何か言わなかった？」

「歌舞伎町で誰かと会う約束があるとおっしゃっていました。ですけど、具体的なことは何も明かしませんでした」

「さっき古賀さんから聞いた話だと、藤原は歌舞伎町の中国人マフィアのことも取材してたらしいんだが……」

「そういう話は、まったく出ませんでしたね」

千秋が即座に答えた。

多門は顎《あご》を小さく引いて、喫《す》いさしの煙草の火を消した。

「必要でしたら、報道部に同期入社の者がいますので、中国人マフィアの情報を流してもらってもかまいませんけど」

「そいつは助かるな」

「何かわかりましたら、ご連絡いたします」

「お願いします」

会話が途切れた。

ちょうどそのとき、亡骸《なきがら》の安置された部屋から僧侶の読経《どきょう》の声が朗々と流れてきた。古賀と千秋が目顔《めがお》で促《うなが》し合って、長椅子から立ち上がった。

多門は動かなかった。

できれば一晩中、故人のそばにいてやりたかった。しかし、一刻も早く藤原を葬《ほうむ》った犯人を見つけ出したいという思いが強かった。

多門は立ち上がり、玄関に向かった。故人の息子が弔問客たちの靴を祖母と一緒にきちんと並べ直していた。

「このたびは突然のことで……」

　多門は瑶子の母親に悔《くや》みの言葉を述べた。故人の義母が孫の歩を内懐に抱え込み、涙声で嘆いた。

「孝道さんは、こんな小さな子を遺《のこ》して死んでしまって。わたし、歩が不憫《ふびん》でなりません」

「瑶子さんが歩君を立派に育て上げますよ。ご祖父母も同じ敷地内におられるわけですから」

「ええ、娘がそうしてくれると信じたいわ」

「大丈夫ですよ」

「ぼく、おじちゃんのこと、知ってるよ。パパの友達だよね」

　歩が口を開いた。目のあたりは瑶子にそっくりだが、輪郭《りんかく》は藤原によく似ている。

「パパ、狡《ずる》いんだよ。嘘寝《うそね》して、ちっとも起きてくれないの。ぼく、何度も何度もパパのことを呼んだのにさ」

「歩君のパパは、ちょっと疲れてるんだよ。だから、ぐっすり眠ってるんだ」

「明日《あした》の朝、ぼく、またパパを起こしに行くよ。起こさなかったら、会社に行けないもんね」

「歩君……」

多門は胸を衝《つ》かれた。

祖母が嗚咽《おえつ》を洩らしながら、全身で孫の体を抱きしめた。多門は居たたまれない気持ちになって、大急ぎで靴を履《は》いた。内庭に飛び出し、そのまま外に走り出る。

多門はボルボに大股で歩み寄った。

午後九時を回っていた。運転席に入ると、すぐにスマートフォンが鳴った。

スマートフォンはスピーカーモードにしてあった。美寿々の心配そうな声が流れてきた。

「クマさん、大丈夫？」

「まだショックが薄れてないが、そのうち元気を取り戻すさ」

「夜通し、お友達のそばにいてあげるの？」

「そうしてやるつもりだったんだが、なんだか辛すぎてな」

「だったら、わたしの部屋においでよ。弔い酒、つき合ってあげる」

美寿々が言った。

「優しいんだな、美寿々ちゃんは。惚れ直したよ」

「何か肴《さかな》をこしらえて待ってるわ」

「せっかくだが、ちょっとやることがあるんだ」

「クマさん、まさか自分で犯人捜しをする気なんじゃないでしょうね⁉」

「そのまさかをやろうと思ってる。死んだ藤原には、ちょっとした借りがあるんだよ」

「でも、素人《しろうと》がそんなことは無理だわ」

「そうかもしれない。けど、じっとしてられねえんだ」

「クマさんらしいわ」

「置いてきた二千万、本当に遣《つか》っちまってくれ。落ち着いたら、連絡するよ」

多門はいったん電話を切り、プロ調査員の杉浦将太《すぎうらしょうた》の自宅の固定電話のナンバーを押した。

ややあって、杉浦が受話器を取った。

「炬燵《こたつ》に潜《もぐ》り込んで、安酒喰《く》らってたようだね」

「その通りだよ。こう寒くちゃ、女のとこに通うのも面倒臭くならあ」

「四十過ぎても、まだそういう見栄《みえ》を張りたいのか」

多門は笑った。

杉浦は、新橋《しんばし》にある法律事務所の嘱託《しょくたく》の調査員だ。報酬は出来高払いらしい。

そんなこともあって、多門はちょくちょく杉浦に調査のアルバイトを回してやっていた。言ってみれば、相棒だった。

かつて杉浦は、新宿署の悪徳刑事として知られていた。暴力団の組事務所や風俗店などに家宅捜索の情報を流し、多額の謝礼を受け取っていた。そうした不正行為が署内で問題視され、一年九カ月前に懲戒免職になったのだ。

やくざ時代の多門は杉浦を嫌悪していた。しかし、杉浦の隠された一面を知ってからは見方が一変した。

杉浦は、単なる薄汚い〝たかり屋〟ではなかった。交通事故で植物状態になってしまった愛妻の意識を蘇《よみがえ》らせたい一心で、裏社会の人間たちから高額の医療費をせしめていたのである。

多門は、愛《いと》しい者のために悪徳刑事になり下がった杉浦の潔《いさぎよ》さにある種の清々《すがすが》しさを覚えた。そんなことがあって、杉浦に積極的に近づくようになったのだ。

素顔の杉浦は、決して喰えない男ではなかった。俠気《おとこぎ》はあるし、他人の悲しみにも敏感だった。

「クマ、早く用件を言ってくれや。電話のコードが短くて、こっちは炬燵から出てるんだ。スマホは上着のポケットに入ってるんだよ」

「悪い、悪い。杉《ス》さんに助けてもらいたいことがあるんだ」

多門は、高校時代の友人が惨殺されたことをかいつまんで話した。

「今朝《けさ》の首なし死体の被害者《マルガイ》は昔の友達《ダチ》だったのか。そいつはショックだったろうな」

「なんだか悪い夢を見てるみたいだよ。そりゃそうと、蒲田署に知り合いの刑事はいる？」

「二人いるよ。おれに情報を集めてくれってことだな？」

「さすがは杉さんだ。察しが早いね。ついでに新宿の中国人マフィアの動きも新宿署の人間から探《さぐ》ってほしいな」

「どういうことなんだい？」

「殺《や》られた藤原は、中国人マフィアどものことを取材してたらしいんだよ。それに、あずま通りの乱闘の通報者だったんだ。凶器は青龍刀みたいだから、ひょっとしたら、藤原はチャイニーズ・マフィアの秘密を知ったために始末されたのかもしれない」

「これから、すぐに情報を集めてみるよ。何かわかったら、連絡するらあ」

杉浦が先に電話を切った。

多門はスマートフォンを懐に戻すと、ボルボを走らせはじめた。彼自身も歌舞伎町で情報を集めるつもりだ。

3

疲労感が濃い。

多門は焼酎《しょうちゅう》を半分ほど呷《あお》った。歌舞伎町の裏通りにある煤《すす》けた居酒屋だ。

多門は隅のテーブル席に坐っていた。前夜、藤原の本通夜があって、きょうは告別式が営《いとな》まれた。当然、多門はどちらにも列席した。

あと数分で、午後十時になる。多門は杉浦を待っていた。

一昨日《おととい》と昨夜は、野良犬のように歌舞伎町をうろつき回った。数え切れないほどの中国人に声をかけてみたが、何も収穫は得られなかった。

杉浦が電話で有力な手掛かりを摑んだと言っていた。それに期待するか。

多門は焼鳥の串を抓《つま》み上げた。

そのとき、耳の奥に火葬炉の着火音が不意に蘇った。

藤原の遺体が荼毘《だび》に付されたのは午後一時過ぎだった。炉のバーナーに点火されたとき、瑶子は泣き崩れた。骨揚《こつあ》げまで彼女は泣き通しだった。

父親の死を実感できない息子は火葬場の休憩室で無邪気にはしゃぎ回り、人々の涙を誘った。多門も泣いた。涙ぐんでいる間、藤原との思い出が走馬灯《そうまとう》のように頭を駆け巡った。

旧友の遺灰が小さな骨壺《こつつぼ》に納まったのを見届けると、多門はひと足先に火葬場を出た。藤原が殺される前に取材で会ったノンフィクション・ライターやテレビディレクターの幾人かを訪ねたり、電話をかけてみた。しかし、これといった手掛かりは得られなかった。

ただ、藤原はどのテレビディレクターにも〝やらせ〟の有無《うむ》をしつこく訊いていたらしい。それがコラムのメインテーマだったのか。

それにしても、人間の命は儚《はかな》い。〝無常〟という言葉が脳裏を掠める。

多門は焼鳥の串を皿に戻し、焼酎を飲み干した。

コップを卓上に戻したとき、黒革のハーフコートを着た杉浦が店に入ってきた。多門は片手を挙げた。杉浦が逆三角形の顔を小さく綻《ほころ》ばせ、ゆっくりと歩み寄ってくる。細身で、小柄だった。頬《ほお》がこけ、いつも目が赤い。

「電話じゃ言えないような情報《ネタ》を摑んでくれたようだね」

多門は小声で話しかけた。

「それほどでもねえんだが、いまや盗聴器だらけだから、大事を取ったってわけよ。それに、久しぶりにクマのむさ苦しい面《つら》も見たくなったんでな」

「言ってくれるな。ま、坐ってよ」

「ああ」

杉浦はレザーコートを着たまま、向かい合う位置に腰かけた。

多門は二人分の焼酎を注文し、ロングピースに火を点けた。杉浦が大声で、もつ煮込みと鮪《まぐろ》のぶつ切りをオーダーした。

「まず捜査本部のほうの情報から教えてもらおうか」

「相変わらず、せっかちな野郎だな。とりあえず、少し飲ませろや」

「もったいつけても、謝礼は片手だよ」

「クマもリッチなもんだ。おれに五百万もくれるってか?」

「ゼロを二つ取ってくれ」

「というと、五万か。クマもセコくなりやがったな。そんな端金《はしたがね》じゃ、女子高生《JK》の〝パパ活〟にも応じられないじゃねえか」

「無理して似合わない冗談言うなって。それより、その後、奥さんは?」

多門は訊《たず》ねた。

「相変わらず、お気楽におねんねしてるよ。おれが一日置きに病室に顔を出してやってるのに、愛想笑いもしやがらねえ。もともと愛嬌《あいきょう》のある女じゃなかったんだがな」

「杉さんの屈折《くっせつ》した愛情、いいね。奥さんに心底《しんそこ》惚れてるんだろうな。そうじゃなけりゃ、そんな言い方はできない」

「よせやい、クマ！　尻《けつ》の穴が、むず痒《がゆ》くなるじゃねえか」

杉浦が照れて、ナイフのように鋭い目を和《なご》ませた。

そのとき、顔色の悪いアルバイトの若い男が酒と肴《さかな》を運んできた。すぐに杉浦は焼酎をひと口飲んだ。

アルバイトの男性店員が下がった。

「マスコミ報道とダブるところもあるが、まあ、聞けや。藤原孝道の死亡推定時刻は、事件当日の午後十一時から十二時半の間とされた。凶器は、青龍刀と断定されたってよ。そいつで首を刎ねられた後《あと》、シンボルを切断されたことも間違いないそうだ」

「新聞もテレビも犯行現場について、現在のところ、まったく報じてないが……」

「捜査本部《チョウバ》が、そいつをきょうの午後にようやく割り出したよ。現場は歌舞伎町二丁目の『エメラルドホテル』の七〇五号室だ」

杉浦が言って、また焼酎を傾けた。

「事件当夜の七〇五号室の客は？」

「楊《ヤン》と名乗る台湾人夫妻が一泊の予定で保証金を払ってるが、男女ともに偽名を使ったと思われる。宿泊者カードに書かれた台北《タイペイ》市の住所は、でたらめだったんだ。当然、本名を書くはずはない。女は二十四、五歳で、青いチャイナドレスを着てたらしいよ」

「男の年恰好《としかっこう》は？」

「三十歳前後だったそうだ。事件のあった晩の十一時過ぎに、藤原がひとりでホテルにやってきたことをフロントマンが証言してる。それから、藤原の乗ったエレベーターが七階で停まったこともな」

「死体はどこから運び出したんだろう？」

「七階の警報器が壊《こわ》され、非常口の扉が解錠されてたらしいよ。それから、ホテルの毛布も二枚持ち去られたって話だったな」

「犯人は藤原の首と胴体を毛布でくるんで、非常階段を使って逃げやがったんだろう。くそっ」

「そいつは間違いないと思うよ。おそらく男性器は、西六郷の河原で切り取られたんだろう」

「赦《ゆる》せねえ」

多門は固めた拳《こぶし》で、テーブルを叩いた。

居合わせた客たちが一斉に視線を向けてくる。レジのそばにいるアルバイト店員は露骨に顔をしかめた。

「クマ、落ち着けよ」

杉浦が窘《たしな》め、もつ煮込みに箸をつけた。

「わかったよ。で、新宿署のほうの情報は？」

「北京マフィアのアジトを聞きだしておいた」

「そいつはありがてえ」

多門は、杉浦が差し出したメモを受け取った。手帳の切れ端には、歌舞伎町にある中国クラブの名が記《しる》してあった。

「好景気のころは台湾から流れてきた二百五、六十人の流氓《リウマン》たちがのさばってやがったが、奴らは本国の景気が回復すると、同胞の女たちを連れて次々に帰国した」

「それと入れ代わるように、香港や中国大陸のマフィアどもが新宿に集まってきたよな」

「ああ、そうだったな。三合会《サムハップウイ》に属してる香港マフィアは主に中国人の密入国の手助けをシノギしてるから、そう無茶なことはやらないだろう。けど、中国大陸から流れてきた北京、上海、福建《フジエン》の各マフィアは甘い汁を求めて血の抗争を繰り返してきた」

「大陸で喰い詰めたり、官憲に追われてる連中が多いからね。欲望剝《む》き出しで、荒っぽい。それでも以前は、北京、上海、福建《フジエン》の三グループがうまく縄張《シマ》りを分け合ってた」

「そうだったな。しかし、盗品や偽造ICカードなんかを主に扱ってる福建マフィアたちは北京と上海グループに押され気味で、いまや大半のメンバーが池袋《いけぶくろ》や中野に散ってる。新宿の中国人社会で幅を利《き》かせてるのは、北京マフィアと上海マフィアだよ。どっちも麻薬や拳銃の密売、窃盗、売春、賭博《とばく》と銭になることなら、なんでもやってる。堅気《かたぎ》の華僑《かきょう》たちからも金品を脅し取って、オーバーステイの同胞たちからは口止め料をせしめてる。もちろん、報酬がよけりゃ、殺人や誘拐も請け負ってるようだ。日本人のヤー公も、奴らにゃビビってるよ。情けねえ話だ」

杉浦が肩を竦《すく》めて、鮪のぶつ切りを口の中に放り込んだ。

多門はレザージャケットの内ポケットから五枚の一万円札を抜き出し、杉浦に差し出した。

「約束の謝礼だよ」

「悪いな。これから、北京マフィアたちのアジトに行く気か？」

「そうしようと思ってる」

「クマ、ひとりで大丈夫かよ。なんだったら、おれもつき合おう」

「杉さんを荒っぽい場所に引っ張っていくわけにはいかないよ。それより、藤原の殺害状況をもっと詳しく調べてほしいんだ」

「おれじゃ頼りにならねえってか」

「そうじゃないよ。杉さんがくたばったら、奥さんに恨まれるからな」

「女房は、もう何もわからねえよ。完全に植物状態になっちまったからな」

「それでも、いつか奇蹟が起きるかもしれないじゃないか」

「ずっとそれを待ってるんだがな」

杉浦が淋《さび》しげに笑い、折り畳んだ紙幣を革のコートのポケットに突っ込んだ。

多門は立ち上がって、卓上に二枚の一万円札を置いた。

「ここの支払いを頼む」

「多すぎらあ。一万でも釣りがくるだろう」

「冷え込むから、うーんと体を温めてから帰りなよ」

「クマ、済まねえな」

杉浦が軽くコップを掲《かか》げた。

多門はほほえみ返し、先に居酒屋を出た。外は寒かった。それでも、多くの男女が行き交っている。この盛り場には、何か魔力めいたものがあるのだろう。

多門は歌舞伎町交番の裏まで急ぎ足で歩いた。

別に肩をそびやかして歩いているわけではなかったが、前から来る男たちがまるで申し合わせたように路《みち》を譲《ゆず》ってくれる。巨体が威圧感を与えるようだ。

目的の中国クラブは、新宿東宝ビルの斜め裏にあった。飲食店ビルの四階だった。

重厚なドアを開けると、黒服の若い男が立っていた。眼光が鋭く、頬骨が高い。

「ここは会員制？」

多門は訊いた。すると、黒服の男がたどたどしい日本語で言った。

「そう、メンバースね。入れない、初めてのお客さんは」

「そこんとこをよろしく頼むよ。ここには、北京美人がたくさんいるって話を聞いたんだ。ちょっと拝ませてくれないか」

「それ、困る。困ります」

「誰かメンバーの友人ってことにしといてくれよ」

多門は、小さく折り畳んだ一万円札を黒服の男の手に握らせた。とたんに、相手の顔が緩《ゆる》んだ。

すぐに多門は店の奥に通された。

高級クラブ風の造りだった。ゆったりとしたソファセットが八つ並んでいる。ほぼ半分は客で埋まっていた。

　十数人のホステスは、誰も若くて美しかった。揃《そろ》って切れ込み《スリット》の深いチャイナドレスをまとっている。スリットから覗《のぞ》いている女性たちの腿《もも》がなまめかしい。

　多門は、中ほどの席に案内された。

　少し待つと、黒服の男が二人のホステスを連れてきた。シルバーホワイトの服を着た女性は莉春《リーチュン》という源氏名《げんじな》だった。緑色のチャイナドレスを身に着けているホステスは、小桃《シャオタオ》と名乗った。どちらも二十二、三歳だろう。

　多門は二人のホステスに挟まれ、シングルモルトのスコッチ・ウイスキーをロックで飲みはじめた。

　莉春《リーチュン》と小桃《シャオタオ》には、好きなカクテルを振る舞った。二人とも、かなり上手な日本語を喋る。客の半数は日本人の商社マンやIT企業の経営者なのではないか。

　多門はロックを二杯飲んでから、左隣にいる莉春《リーチュン》に作り話を喋った。

「実はおれ、あることで上海マフィアに脅されてるんだよ」

「本当ですか⁉」

「ああ。それで、北京グループのボスに力を貸してほしいと思って、ここにやって来たんだ。ボスは時々、この店に顔を出してんだろう?」

「あなた、誰？　警察の人？」

莉春《リーチュン》が警戒する顔つきになった。

「いや、そうじゃない。いろいろ商売をやってるんだ。それで、上海マフィアの奴らに因縁《いんねん》を吹っかけられたんだよ」

「その話、事実なの？」

「もちろん、嘘じゃない。ボスは崔《ツイ》さんだったかな。それとも、方《ファン》さんだっけ？　一度だけ、遠くでボスを見かけたことがあるんだ」

多門は、もっともらしく言った。撒《ま》き餌《え》だった。藤原を殺した犯人が北京マフィアの一員なら、なんらかのリアクションを起こすのではないか。

「お客さん、何か勘違いしてますね」

「え？」

「このクラブの経営者は確かに北京の出身ですけど、流氓《リウマン》じゃありません。ねえ？」

莉春《リーチュン》が小桃《シャオタオ》に相槌《あいづち》を求めた。

小桃《シャオタオ》が慌《あわ》てて大きくうなずく。相槌の打ち方が、ぎこちなかった。ここが北京マフィアのアジトであることは間違いなさそうだ。多門は確信を深めた。

「お客さんに変なことを教えたのは誰なんですか？」

莉春《リーチュン》が問いかけてきた。

「さあ、誰だったかな」

「多分、上海の奴らでしょうね。あの連中は、北京出身者を目の敵《かたき》にしてるから。そんなことより、もっと楽しい話をしましょうよ」

「おっと、いけねえ。おれ、人に会う約束があったんだ。悪いが、チェックを頼む。近いうちに、また来るからさ」

多門は言った。

「来たばかりじゃありませんか」

「しかし、もう時間がないんだ」

「もう少しいてほしいわ」

莉春《リーチュン》が擦《す》り寄ってきて、多門の左手を取った。彼女は自分の太腿《ふともも》に多門の手を導いた。

驚いたことに、莉春《リーチュン》は素足だった。すべすべした肌は、ひんやりと冷たかった。

多門は掌《てのひら》で莉春《リーチュン》の冷たい腿を撫でさすりはじめた。

「大きくて温かい手ね。ああ、気持ちがいいわ」

「もっと奥を撫でてやってもいいんだが……」

「ここで、そんなエッチなことはできないわ」

「どこでなら、できる？」

「言えないわ。だって、彼女がいるもの」

莉春《リーチュン》が困惑顔で言って、小桃《シャオタオ》を見た。小桃《シャオタオ》がにやついて、すっくと立ち上がった。

「どうしたんだ？」

多門は声をかけた。

「お邪魔みたいだから、わたし、ちょっと席を外します」

「ここにいたって、いいんだよ」

「後で、また来ます」

小桃《シャオタオ》は屈託《くったく》なげに言い、奥の席に移った。

「なんか悪いことしちゃったな」

「小桃《シャオタオ》ちゃんには、後で謝っておきます。それより、お客さん、わたしを外に連れ出して」

「どういうことなんだ？」

「お客さんがお店に一万円払ってくれれば、わたし、自由にデートできるの。わたしのデート代四万円なんだけど、どうかしら？」

莉春《リーチュン》が多門の耳許で甘く囁《ささや》いた。

最初は色仕掛けというわけか。いや、そんなふうに女性を疑うのはよくない。この娘《こ》には何か事情があって、裏ビジネスをしているのだろう。

多門は、こと女性に関しては呆《あき》れるほど無防備だった。

そのせいで、しばしば手ひどい仕打ちを受けてきた。いつだったか、六本木《ろっぽんぎ》のピアノバーで知り合った女性と意気投合してホテルに入った。

相手は多門の体を貪《むさぼ》り尽くすと、あろうことか、レイプされたと一一〇番しかけた。彼女は最初から〝口止め料〟をせしめる気だったのだろう。

聞けば、女性は乳呑み児《ちのご》を抱えて生活苦に喘《あえ》いでいるという。すべての女性を崇《あが》めている多門は大いに同情し、多額の慰謝料を払ってやった。

「駄目かしら？」

「いや、いいよ」

「ほんとに？」

「ああ」

「それじゃ、店長に許可を貰ってくるわ」

莉春《リーチュン》が嬉しそうに言って、腰を浮かせた。

多門は煙草をくわえた。一服し終えたとき、莉春《リーチュン》が席に戻ってきた。

「オーケーよ」

「それじゃ、とりあえず勘定に一万円プラスすればいいんだな?」

「ええ。支払いを済ませたら、外で待っててもらえる? 着替えをしたら、すぐに行きます」

「わかった」

多門は顎を引いた。

莉春《リーチュン》が弾むような足取りで更衣室に向かう。入れ違いに黒服の男がやってきた。

多門は三万六千円のほかに一万円を加えて、席を立った。

「莉春《リーチュン》さん、テクニシャンね。お客さん、とてもラッキーよ」

黒服の若い男がそう言い、好色そうな笑みを浮かべた。

多門は曖昧に笑い返し、店を出た。エレベーターで一階に降り、飲食店ビルの前の暗がりにたたずむ。ボルボは靖国《やすくに》通りの近くにある有料パーキングビルに預けてあった。
五、六分待つと、莉春《リーチュン》が飲食店ビルから出てきた。
デザインセーターの上に、白いダウンコートを羽織《はお》っていた。下は、黒いマイクロミニのスカートだった。靴は、底の厚い流行の黒いブーツだ。

「チャイナドレスを着てるときよりも、ぐっと若く見えるな」

「わたし、こういうラフな恰好《かっこう》が好きなの」

「そう。何か喰うかい、ホテルに行く前に？」

多門は言った。

「何も食べたくないわ。それに、わたし、ホテルはあまり好きじゃないの」

「それじゃ、どこで愛し合うんだい？」

「わたしのマンション、職安《しょくあん》通りの少し先にあるの。わたしの部屋でデートしましょうよ。ホテル代、もったいないでしょ？」

「しかし……」

「ベッドはダブルなの」

莉春《リーチュン》が艶然と笑い、腕を絡《から》めてきた。女性としては大柄なほうだが、多門の肩までしかなかった。

二人は区役所通りに出ると、職安通りに向かった。

多門は歩きながら、時々、さりげなく後方を見た。気になる尾行者は見当たらなかった。

4

痼《しこ》った乳首を吸いつける。

莉春《リーチュン》が切なげな呻きを洩らした。背も反らす。

多門は胸の蕾《つぼみ》を舌の先で転がしながら、滑らかな下腹を撫でた。

莉春《リーチュン》の部屋のベッドの上だった。二人は生まれたままの姿だった。

多門は亀裂に浅く指を沈めた。

潤《うる》んでいた。あふれた愛液を感じやすい突起に塗りつけ、刺激しはじめる。

莉春《リーチュン》が切れ切れに呻き、多門の猛《たけ》った性器に手を伸ばしてきた。リズミカルに擦りだす。

多門は大きな五指をピアニストのように躍《おど》らせはじめた。

莉春《リーチュン》が喘ぎ、息《いき》むような呻き声を発した。多門は唇を莉春《リーチュン》の項《うなじ》に移し、一段と愛撫に熱を込めた。

「いいわ。あうっ、好《ハオ》！」

「ハオって、いいって意味か？」

「ええ、そう。喜怒哀楽が強まると、自分の国の言葉が……」

「おれも同じだよ。おれは岩手県の区界《くざかい》って所で生まれて、十八まで田舎《いなか》にいたんだ。だから、興奮すると、つい岩手弁が出てしまう。それに、滑舌も悪くなるな」

「岩手弁って、どんな喋り方をするの？」

「そのうち、わかるよ。そっちが感じてくれれば、おれも興奮するから」

「わたし、もう感じてる。でも、もっと感じさせて。ああっ、いいわ。好《ハオ》、真好《チェンハオ》！」

「チェンハオ？」

「すっごく気持ちいいってことよ」

莉春《リーチュン》が腰全体をくねらせはじめた。

多門は唇と舌を滑らせながら、太い指を情熱的に動かした。莉春《リーチュン》も、多門の体を愛撫する。

「もうじき、わたし……」

「い、いいのけ？　どごさ、気持ちいいんだべか？」

「それが岩手弁？」

「そんだ。ここさ、気持ちいいのけ？」

多門は陰核《クリトリス》を集中的に慈《いつく》しんだ。

いくらも経《た》たないうちに、莉春《リーチュン》は極みに達した。母国語で何か口走り、裸身を痙攣《けいれん》させはじめた。震えはリズミカルだった。

多門は指を深く埋めた。Gスポットを擦る。莉春《リーチュン》は腰をくねらせ、高く低く唸《うな》りつづけた。

少し経ってから、多門は指を引き抜いた。

愛液に塗《まみ》れていた。雫《しずく》が滴《したた》りそうだ。呼吸が整うと、莉春《リーチュン》が自ら獣の姿勢をとった。

多門は莉春《リーチュン》の背後に回り、膝立ちで一気に突き入れた。莉春《リーチュン》が背を大きく反らせ、甘やかに呻いた。

「さ、さっき、いっだとき、なんて言ったんだ？　お、教えてけろ」

「我要来了《ウォーヤウーライラ》よ」

「に、日本語で言えば、わだし、いぐってことけ？」

「ええ、そう。ああっ、真好《チェンハオ》！」

「何度でも、いぐべし」

多門は二つの乳房とクリトリスを愛撫しながら、突きまくった。もちろん、捻《ひね》りを加えることも怠《おこた》らなかった。

肉と肉がぶつかり合って、淫靡《いんび》な音をたてる。煽情《せんじょう》的な音だった。

ほどなく莉春《リーチュン》は、二度目の頂《いただき》に駆け昇った。ほとんど同時に、多門は締めつけられた。凄まじい緊縮感だった。弾《はじ》ける予兆が訪れた。

多門は野太《のぶと》く唸り、勢いよく放った。ペニスは幾度もひくついた。

莉春《リーチュン》がシーツに伏せた。多門は両腕で巨体を支えながら、そっと体を重ねた。

二人は快楽の余情を味わい尽くしてから、結合を解《と》いた。

「お店で話してたこと、本当？」

莉春《リーチュン》が、仰向けになった多門の胸に頬を埋めた。

「え？」

「上海の人に脅されたって話よ」

「ああ、本当さ」

「なんて人なの？」

「名前を聞いて、どうするんだ？」

「あなたの話、嘘なんでしょ？　新宿に上海出身の黒社会《ホッセイウィ》の男たちがいることは確かだけど、彼らは日本人を脅したりしないわ」

「なんで、そう言い切れるんだ？」

「わたし、実は上海育ちなの」

「北京娘じゃなかったのか。上海娘が、なぜ対立関係にある北京マフィアのクラブで働いてるんだ？」

多門は訊いた。

「北京っ子になりすまして働いてるのは、姉を自殺に追い込んだ北京マフィアの男に復讐するためよ」

「姉さんが自殺したって？」

「ええ、ちょうど一年前にね。二つ違いの姉は早明《そうめい》大学に留学してたの。国からの仕送りだけでは生活が苦しかったんで、歌舞伎町の台湾料理の店でウェイトレスのアルバイトをしてたの。そのとき、北京マフィアの一員の羅道鉄《ロータオチン》という男に騙《だま》されてレイプされた揚句《あげく》、パスポートやビザを奪《と》られてしまったのよ。それで、姉の麗芳《リーファン》は東小金井《ひがしこがねい》駅のホームから電車に飛び込んで……」

莉春《リーチュン》が涙にむせた。涙の雫《しずく》が多門の胸板を濡らす。

「気の毒にな。で、その羅《ロー》って奴はどんな男なんだ？」

多門は莉春《リーチュン》の髪を撫でながら、そう問いかけた。

「北京グループのナンバースリーよ。まだ三十一だけど、根っからの流氓《リウマン》だから、大幹部になってるの。早く姉の仇を討ってやりたいけど、なかなか近づくチャンスがなくて。

それで、喧嘩の強そうなあなたに味方になってもらいたくて、この部屋に誘ったわけなの」

「そうだったのか」

「どうかしら？」

「力になるよ」

「本当に⁉」

莉春《リーチュン》が声を弾ませた。

多門は高校時代からの友人が北京マフィアに惨殺された可能性があることを打ち明けた。

「それでお店に様子をうかがいに来たのね」

「そうなんだ。店では鈴木なんて偽名を使ったが、本名は多門っていうんだよ」

「わたしの本名は、范朱花《ファンツウホワ》なの」

「朱花《ツウホワ》か。いい名だな。いくつ？」

「二十三歳です。多門さんは？」

「三十五だよ」

「もっと若く見えるわ」

「そう。ところで、羅《ロー》の居所はわかってるのかな?」

「住まいは知ってるわ。新大久保《しんおおくぼ》駅の近くにあるマンションで暮らしてるの」

「シャワーを浴びたら、おれをそこに案内してくれないか」

「羅《ロー》は、たいてい三、四人のボディーガードを従えてる。まともに部屋を訪ねたら、多門さんは殺されてしまうわ」

「荒っぽいことには馴《な》れてる。何かうまい手を考えるよ。そっちは大急ぎでシャワーを浴びてくれ」

「は、はい」

朱花《ツウホワ》が少女のような返事をし、身を起こした。

裸のままで、浴室に向かう。張りのあるヒップが悩ましい。多門はティッシュペーパーで体を拭《ぬぐ》い、トランクスを穿《は》いた。身繕《づくろ》いをして、ゆったりと煙草を喫《す》う。

一服し終えたころ、朱花《ツウホワ》が慌ただしく浴室から出てきた。彼女は手早く衣服をまとい、口紅を引いた。

それから間もなく二人は部屋を後《あと》にした。

マンションとラブホテルが渾然《こんぜん》と建ち並ぶ裏通りから、JR新大久保駅前に出る。

駅前通りの暗がりには、タイ人やコロンビア人の娼婦たちが立っていた。髪をブロンドに染めたコロンビア人街娼のそばには、ヒモのイラン人の男たちがたたずんでいる。

多門は歩きながら、羅《ロー》という北京マフィアの大幹部の締め上げ方を考えていた。

できれば、マンションの部屋に押し入ることは避けたい。それ以前に、羅《ロー》は自分の部屋にいるかどうか。まだ帰宅していないとしたら、部屋の近くで待ち伏せすることにした。在宅だったら、何らかの方法で部屋の外に誘《おび》き出す。その後のことは、出たとこ勝負だ。

「こっちよ」

朱花《ツウホワ》が駅の近くの細い道に足を踏み入れた。

多門は彼女の後に従った。少し進むと、有名な製菓会社の工場が見えてきた。

朱花《ツウホワ》は、製菓工場の少し手前を右に曲がった。小さなビル、低層マンション、民家などが密集している。人気《ひとけ》はない。

朱花《ツウホワ》が立ち止まったのは、白っぽい八階建てのマンションだった。

「羅《ロー》の部屋は？」

多門は小声で訊いた。

朱花《ツウホワ》が黙って六階の左端の部屋を指さした。窓は暗かった。部屋の主が、もう寝ているとは思えない。おおかた留守なのだろう。

「そっちは、もう自分のマンションに帰ったほうがいいな」

「わたしも多門さんと一緒に羅《ロー》の帰りを待つわ。自分の手で、姉の仇を討ちたいの」

「羅《ロー》を殺す気なのか？」

「殺してやりたいけど、あんな男は殺す値打ちもないわ。これで、お仕置きをしてやるつもりよ」

朱花《ツウホワ》がダウンコートの下から、ビニールケースに入った真新しい鋏《はさみ》を取り出した。

「そいつで、男のシンボルを切断するつもりなのか⁉」

「ええ、そう。そうすれば、二度と女性をレイプできなくなるでしょ？」

「悪くない復讐だな。しかし、おれのそばにずっといるのは危険だよ。羅《ロー》って野郎を取っ捕まえたら、そっちのマンションに連れていく」

「でも、それじゃ……」

「おれひとりのほうが動きやすいんだ。だから、自分のマンションに戻っててくれないか」

多門は言った。

「かえって足手まといになるというなら、そうするわ。でも、気をつけてね。いつも羅《ロー》は拳銃か、ナイフを忍ばせてるから」

「ああ、わかった。羅《ロー》の姿かたちの特徴を教えてくれないか」

「身長は百七十四、五センチで、いわゆる馬面《うまづら》ね。髪型はオールバックで、眉間《みけん》に火傷《やけど》の痕《あと》があるわ。チンピラ時代に、喧嘩相手に煙草の火を押しつけられたとか言ってた」

「目や鼻の感じは？」

「ぎょろ目で、鼻は大きいほうだと思う。それから、口髭《くちひげ》を生やしてる」

「それだけわかりゃ、間違えることはないだろう。もう自分のマンションに戻りなよ」

「ええ。それじゃ、くれぐれも気をつけてね」

朱花《ツウホワ》が心配顔で言い、ゆっくりと遠ざかっていった。

多門は朱花《ツウホワ》が闇に溶け込むと、マンションのエントランスロビーに入った。オートロックシステムではなかった。管理人もいない。

多門は集合郵便受けに歩み寄った。

六〇一号室のドア横に羅道鉄《ロータオチン》の名札が見える。メールボックスを覗くと、裏ＤＶＤの宅配のチラシしか入っていなかった。

多門はエレベーターで六階に上がった。

六〇一号室は、ホールの左側にあった。部屋の前まで進み、山吹《やまぶき》色のスチールドアに耳を寄せる。室内は静まり返っていた。

多門はインターフォンを鳴らした。

応答はなかった。やはり、まだ羅《ロー》は帰宅していないようだ。

多門はエレベーターホールまで引き返し、死角になる場所に身を潜《ひそ》めた。

煙草を吹かしながら、張り込みを開始する。張り込みには忍耐が必要だった。狩人のように、じっと獲物を待つ。それが最善の方法だった。

多門は辛抱強く待ちつづけた。

エレベーターが六階に停止したのは午前零時近くだった。多門は物陰から顔を少しだけ突き出した。

エレベーターから一組の男女が出てきた。

男は羅《ロー》だった。女性は白人だ。プラチナブロンドで、ほぼ羅《ロー》と上背《うわぜい》は変わらない。二人とも酒気を帯びていた。

羅《ロー》と連れの女性は、片言の英語で喋っている。どうやら彼女は、英語圏の出身ではないようだ。二人は互いの腰に手を回し合い、六〇一号室の方に歩きだした。

多門は少し間《ま》を取ってから、抜き足で二人に忍び寄った。

二人が六〇一号室の前で足を止めた。多門は羆《ひぐま》のように走り、羅《ロー》の首に太い右腕を掛けた。喉《のど》を締め上げながら、左手で羅《ロー》の体を探《さぐ》る。腰の後ろに拳銃を挟んでいた。多門は素早く抜き取った。

羅《ロー》が苦しげに呻いた。白人の女は息を呑《の》んだまま、立ち竦んでいる。

多門は、奪った拳銃の銃口を羅《ロー》の側頭部に押し当てた。

グロック17だった。オーストリア製の高性能自動拳銃だ。アメリカの多くの警察の特殊部隊がバックアップ用拳銃として採用している。

「大声を出したら、撃《ハジ》くぞ」

多門は右手で自動拳銃のスライドを引いた。初弾の九ミリ弾が薬室《チャンバー》に送られた音が小さく響いた。

「おまえ、誰か？」

羅《ロー》が拙《つたな》い日本語で訊《き》いた。

「とりあえず、ドアのロックを外しな」

「わたし、日本語よくわからない」

「それだけ喋れりゃ、話は通じるよ」

多門は、ドアを開けろと命じた。羅《ロー》が溜息をつき、チェスター型の黒いカシミヤコートの右ポケットからキーホルダーを取り出す。

そのとき、白人の女性が日本語で多門に声をかけてきた。

「あなた、悪い人？　お金、欲しい？　はいですか？」

「ロシア人だな？」

「ええ、そう。あなた、いい人？　悪い人？」

「さあ、どっちかな。でも、安心してくれ。おれは女性に乱暴なことはしない」

「それ、安心ね。わたし、自分のアパート帰っていい？」

「駄目《ニェット》だ。運が悪かったと思って、もう少しつき合ってほしいな」

多門は穏《おだ》やかに言って、ロシア人と称した二十代半《なか》ばの女性の片腕を優しく掴んだ。ほっそりとした体つきだった。スラブ系の女性も若いうちは、たいがいスリムだ。

羅《ロー》が玄関ドアを開け、電灯を点けた。

多門は二人を先に玄関の中に押し入れた。拳銃で威嚇《いかく》しながら、羅《ロー》とロシア人女性を奥に歩かせる。

1LDKの部屋には誰もいなかった。多門は二人を居間の長椅子に並んで腰かけさせ、自分は羅《ロー》の前のソファに坐った。

「日本のやくざか、おまえ？」

「おれに興味を持たないほうがいいぜ。羅道鉄《ロータオチン》だな、北京流氓《リウマン》の？」

「わたしの名前、どうして知ってる⁉」

「最初に言っとくが、おれは強盗じゃない。おまえに訊きたいことがあるだけだ」

「何知りたい？」

羅《ロー》が問いかけてきた。

「もう少し日本語を勉強したほうがいいな。助詞が抜けてるぜ。隣のロシア女性は、そっちとはどういう間柄なんだ？」

「オリガは、ロシアン・クラブ勤めてる。わたし、お客さんね。オリガ、ここに遊びに来た。ただ、それだけ」

「その通りです。羅《ロー》さんは、お店のお客さん。お金持ちで、いい人ね」

オリガが羅《ロー》を庇《かば》った。

「こんな男とは、つき合わないほうがいいな。こいつはドラゴン・マフィアなんだ」

「ドラゴン・マフィア、とっても悪い人たち。それ、わたし、知ってます。でも、羅《ロー》さん、いい人よ」

「悪い奴ほど善人ぶりたがるもんさ」

多門はオリガに言って、羅《ロー》に顔を向けた。

「先日、北京グループの三人があずま通りのそばの路地で上海グループの二人組の首を青龍刀で刎ねたなっ」

「それ、なんのこと？　わたし、全然知らないよ」

「時間稼ぎはさせねえぞ」

「意味わからないね。それ、どういうこと？」

羅《ロー》が首を傾《かし》げた。多門は薄く笑って、オリガに言った。

「悪いが、そっちは奥の部屋に行っててくれないか」

「なぜ？」

「女性には、恐怖感を与えたくないんだよ。頼むから、言う通りにしてくれ」

「はい」

オリガが長椅子から立ち上がり、奥の寝室に移る。ドアが閉まると同時に、多門はコーヒーテーブルを蹴った。

テーブルの角が羅《ロー》の膝頭にぶつかった。羅《ロー》が呻く。多門はテーブルを横にのけ、立ち上がりざまに右足を飛ばした。丸太のような腿《もも》が空気を縺《もつ》れさせる。

前蹴りは羅《ロー》の鳩尾《みぞおち》に極《き》まった。羅《ロー》が前屈《かが》みになり、焦茶《こげちゃ》のウッディフロアに転がった。

多門は数歩退《さ》がり、今度は羅《ロー》の右のこめかみを蹴った。

羅《ロー》が手脚を縮《ちぢ》めて、独楽《こま》のように回る。だいぶ加減したのだが、三回転半した。

多門の前蹴りは一トン近い破壊力を持つ。右フックも約半トンの爆発力があった。

握力も強い。胡桃《くるみ》やリンゴなら、掌《てのひら》の中でたやすく潰《つぶ》すことができる。少し強く人間の腕を摑むと、相手の骨に罅《ひび》を入れてしまう。

「こ、殺さないでくれーっ」

羅《ロー》が苦痛に馬面を歪《ゆが》めながら、弱々しく訴えた。

「喋る気になったか？」

「上海の豚野郎たち、うちのメンバーが殺したよ。でも、三人とも、もう日本にいない。マレーシアに逃げた」

「いつ？」

「五日前ね」

「それじゃ、『エメラルドホテル』で日本人の新聞記者の首を青龍刀で刎ねたのは、逃げた三人組とは別の奴の仕業《しわざ》なんだな？」

「それ、知らない。北京の人間、誰も日本人なんか殺してないよ。嘘ないね」

「北京マフィアの誰かが、この男を殺《や》ったんじゃねえのかっ」

多門は屈《かが》んで、レザージャケットのポケットから藤原の顔写真を抓《つま》み出した。羅《ロー》が写真に目を向ける。

「この男が新聞記者だ。知ってるな！」

「その男の顔、知ってるよ。中国人のこと、新宿でいろいろ調べてた。でも、わたしたち、殺してない」

「腹か太腿に一発ぶち込まなきゃ、素直になれねえみたいだな」

多門はグロック17の銃口を羅《ロー》の脇腹に強く押しつけ、引き金《トリガー》の遊びをぎりぎりまで絞り込む。

羅《ロー》の眼球が盛り上がった。牛のような目になった。

「この写真の男を殺《や》ったカップルは、どこにいるんだっ」

「カップル？　誰と誰のこと？　全然わからないよ」

「お、おめ、このおれさ、お、お、怒らせてえのか。いいべ、殺すてやる！」

多門は激昂《げっこう》し、舌を縺《もつ》れさせた。いつものように、無意識に岩手弁で喋っていた。

「日本人、誰も殺してない。嘘ない、嘘ないよ。わたしの話、信じて！」

「写真の男は青龍刀で首を落とされたんだ。おまえら北京マフィアがやってないとしたら、上海か福建の流氓《リウマン》の仕業だろうな」

「どの中国人も、日本人殺さないよ。日本人殺したら、警察黙ってないね。わたしたち、新宿にいられなくなる。それ、困ることよ」

「それじゃ、誰がこの新聞記者を殺《や》ったんだっ」

「わたし、知らないよ。でも、ちょっと思い当たる日本の男いるね」

　羅《ロー》が言った。

「そいつは、どこの誰だ?」

「名前、知らない。三十歳ぐらいのキャップを被《かぶ》った男ね。その男、わたしに青龍刀百万円で売ってくれって言った。いい値段ね。だから、売ってやったよ」

「一応、ストーリーにはなってるな」

「ほんとの話よ、嘘ない! あなた、わたしを信じるね」

「やっぱり、一発お見舞いするか」

　多門は威《おど》した。すると、羅《ロー》は涙声で作り話ではないと繰り返した。

　演技をしているようには見えない。多門は、羅《ロー》の言葉を信じる気になった。日本人が中国人マフィアの犯行と見せかけて、藤原を殺害したのかもしれない。

「わたし、信じてほしいね」

「青龍刀を買った日本人のことをもっと詳しく教えろ」

「会えばわかるかもしれない。けど、どんな顔か、よく言えないよ。ただのサラリーマンじゃない感じだった。わたし、それしか言えないよ」

「まあ、いい。ところで、早明大学に留学してた麗芳《リーファン》って上海出身の女性を知ってるな？」

「麗芳《リーファン》？　ちょっと思い出せない。聞いたような名前だけど……」

羅《ロー》が答えた。

そのとき、居間の入口で女の怒声がした。中国語だった。多門は振り向いた。なんと朱花《ツウホワ》が立っていた。

「マンションに戻ったんじゃなかったのか⁉」

「あなたのことが心配だったの。それに、早く復讐したかったので……」

「そうだったのか」

多門は言葉を切り、羅《ロー》に言った。

「てめえは麗芳《リーファン》をレイプして、パスポートやビザを奪ったな？　本当のことを言わねえと、撃ち殺すぞ」

「わたし、それ、それ、やったよ」

「てめえのせいで、麗芳《リーファン》は自殺したんだっ」

「それ、知らなかったよ。でも、莉春《リーチュン》がなぜ、ここにいる？　わたし、わからないね」

「教えてやろう。莉春《リーチュン》の本名は范朱花《ファンツウホワ》だ。麗芳《リーファン》の実の妹だよ。てめえに復讐したくて、北京娘になりすましてたのさ」

「えっ⁉」

羅《ロー》が朱花《ツウホワ》を見た。朱花《ツウホワ》が北京語らしき言葉で罵《ののし》り、羅《ロー》に走り寄った。

殺気を感じたのか、羅《ロー》が身構えた。

「動くんじゃねえ！」

多門は怒鳴《どな》りつけた。

羅《ロー》がうなだれた。朱花《ツウホワ》が羅《ロー》のそばにひざまずき、スラックスのファスナーを引き下げた。萎《な》えた男根《だんこん》を摑み出し、乱暴にしごきはじめる。

羅《ロー》が母国語で喚《わめ》いた。正気なのか、とでも言ったのだろう。

朱花《ツウホワ》は何かに憑《つ》かれたような顔で、羅《ロー》のペニスを手で刺激しつづけた。だが、羅《ロー》の欲望は息吹《いぶ》かない。朱花《ツウホワ》が舌打ちして、顔を伏せた。羅《ロー》の分身をくわえ、粘《ねば》っこいフェラチオを施《ほどこ》す。

一分ほど経過すると、羅《ロー》の体が反応しはじめた。

昂《たか》まりきったとき、朱花《ツウホワ》が顔を上げた。陰茎はそそり立ち、湯気を立ち昇らせている。

朱花《ツウホワ》がペニスの根元に鋏を当て、力まかせに握りの部分を閉じた。

羅《ロー》が動物じみた唸り声をあげ、目を剝《む》いた。股間から血しぶきが上がった。

朱花《ツウホワ》の左手には、切断されたペニスが握られていた。切り口から、血の雫《しずく》が滴《したた》っている。スラックスの前は、瞬《また》く間に鮮血で濡れはじめた。右手に握った鋏も血みどろだった。

羅《ロー》は白目を剝きながら、気絶した。

朱花《ツウホワ》が切り取った性器を羅《ロー》の顔面に叩きつけ、鋏をビニールケースに突っ込んだ。

そのとき、奥の部屋からオリガが恐る恐る現われた。彼女は惨状《さんじょう》を見て、ロシア語で何か叫びはじめた。

「ひとまず逃げよう」

多門は、朱花《ツウホワ》の片腕を取った。

朱花《ツウホワ》の全身は小刻みに震えていた。顔は紙のように白い。

多門は朱花《ツウホワ》を引きずるようにして、羅《ロー》の部屋を出た。室内では、オリガが大声で何か言っている。

多門たちはエレベーターホールに急いだ。

第二章　ストーカーの影

1

妙な気持ちだった。

美寿々と朱花《ツウホワ》が目の前で談笑している。二人は、まるで親友同士のように打ち解けた様子だ。多門は微苦笑して、ブラックコーヒーを啜《すす》った。

東中野にある美寿々のマンションだ。昨夜、多門は朱花《ツウホワ》と一緒に泊めてもらったのである。

三人はダブルベッドで川の字になって寝た。真ん中の多門は、まったく寝返りを打てなかった。ほんの数時間、うつらうつらしただけだった。

しかし、二人の女に挟まれて眠るのは悪くなかった。

ただ、欲望を抑《おさ》えるのに苦労した。何度も3Pを仕掛ける気になった。だが、美寿々も朱花《ツウホワ》もそれを望んではいないだろう。女性たちの気持ちを考え、多門は欲情を抑《おさ》えた。

「ねえ、しばらく朱花《ツウホワ》ちゃん、ここにいたほうがいいんじゃない?」

美寿々が多門に話しかけてきた。

「いいのか?」

「わたしは大歓迎よ。仕事から帰ってきて、部屋が真っ暗だと、なんか気が滅入っちゃうの。朱花《ツウホワ》ちゃんが部屋で待っててくれたら、気分が明るくなると思うんだ」

「それじゃ、そうしてやってくれないか」

多門は頼んだ。すると、朱花《ツウホワ》がどちらにともなく言った。

「あまり美寿々さんに迷惑かけられないわ。同じ上海出身の女友達が吉祥寺《きちじょうじ》にいるの。わたし、そこに行きます」

「そうしたら、北京マフィアの連中に見つけられるかもしれないぞ」

「でも、ほかに親しい友達もいないし」

「だったら、しばらく美寿々ちゃんの部屋に泊めてもらえよ」

多門は勧《すす》めた。語尾に美寿々の声が重なった。

「そうして。ほとぼりがさめたら、あなたの部屋から衣類や大事な物を運び出してあげるから。ここなら、北京マフィアに見つかりっこないわ」

「でも、わたし、お金も持ってないし……」

「そんなこと気にしないで。あなたの食べる分ぐらい、どうってことないわよ。サイズも同じだろうから、わたしの服を適当に着てちょうだい」

「いいんですか？」

「うん、遠慮しないで。こうして知り合ったのも何かの縁よ。新しい仕事と住まいが見つかるまで、ここにいてもいいの」

「それでは、お言葉に甘えさせてもらいます。よろしくお願いします」

朱花《ツウホワ》が頭を下げた。

「わたしが歌ってる六本木のサパークラブで働く気があるんだったら、社長に口を利《き》いてあげてもいいわよ」

「オーバーステイだから、美寿々さんに迷惑かけたくありません。わたし、水商売じゃない仕事で帰国費用を工面《くめん》したいと考えてるんです」

「なんだったら、上海までの航空券代を立て替えてあげてもいいけど」

「それは、いけません。美寿々さんにこれ以上の迷惑はかけたくないし、いま上海に戻ったら、羅《ロー》の仲間が北京から父母の家に押しかけるかもしれません」

「それじゃ、当分は日本にいたほうが安全そうね」

「ええ」

「それにしても、朱花《ツウホワ》ちゃんは勇ましいな。鋏で羅《ロー》とかいう男のシンボルを切断しちゃったんだから。ついでに、下の袋の部分も切り取ってやればよかったのよ。元チャイニーズ・マフィアのニューハーフなんて、傑作じゃない？」

「おい、おい！」

多門は、美寿々をやんわりと窘《たしな》めた。

羅《ロー》は、いま河田《かわだ》町の外科医院に偽名で入院している。今朝《けさ》起き抜けに多門は杉浦に連絡して、歌舞伎町の情報屋に羅《ロー》に関することを探《さぐ》ってもらったのだ。

情報屋の話によると、羅《ロー》が子分たちによって河田町の病院に担《かつ》ぎ込まれたのは明け方らしい。子分たちが羅《ロー》を発見したとき、部屋にはオリガはいなかったという。

オリガは事件に関わることを恐れ、こっそり逃げ出したにちがいない。子分たちは虫の息の羅《ロー》を台湾人外科医のいるクリニックに連れていった。もちろん、彼らは切断されたペニスも氷詰めにして持っていったようだ。

羅《ロー》は一命を取り留《と》めたが、性器の縫合手術は受けられなかったらしい。時間が経過しすぎて、すでに細胞が死滅してしまったのだろう。

陰茎を失った羅《ロー》は、どんな気持ちでベッドに横たわっているのか。考えただけで、笑える。多門は左目を眇《すが》めた。他人を侮辱するときの癖だった。

「クマさん、出かける用事があるんだったら、いつでも出かけて。わたしが夕方まで朱《ツウ》花《ホワ》ちゃんのお相手をしてるから」

美寿々が言った。

多門は曖昧《あいまい》に答え、腕時計を見た。午後一時半を回っていた。

「藤原という友達の事件のことで調べたいことがあるんでしょ？」

「うん」

「だったら、わたしたちにはお気遣いなく」

「それじゃ、後のことは頼むな」

「任《まか》せてちょうだい」

美寿々が胸を叩いてみせた。

多門は、居間のソファから立ち上がった。

「留守中に何か不安なことがあったら、いつでもおれに連絡してくれ」

「はい」

朱花《ツウホワ》がうなずいた。

「おれに連絡がつかなかった場合は、必ず美寿々ちゃんに電話をするんだよ」

「わかりました」

「それから、ひとりのときは誰が訪ねてきても絶対に玄関のドアを開けないほうがいいな」

「ええ、そうします」

「おれのほうからも、時々、連絡するよ」

多門はレザージャケットを小脇に抱え、玄関に向かった。

ボルボはマンションの前の道に駐《と》めてあった。寝不足のせいか、やけに寒さが身に沁《し》みる。身震いしそうだ。とにかく猛烈に寒い。

多門は首を縮めながら、自分の車に乗り込んだ。

エンジンを始動させたとき、スマートフォンに着信があった。発信者は殺された藤原の妻だった。

「通夜や告別式で、多門さんには本当にお世話になりました。ありがとうございました」

「礼を言われるようなことは何もやっちゃいないよ。それより、奥さんのほうが大変だったよな。疲れたでしょ？」

「気を張ってたせいか、それほど疲れは感じていないの」

「そう。歩《あゆむ》君は、どうしてる？」

「ようやく父親が死んだということがわかったらしく、泣いてばかりいて……」

「かわいそうにな」

多門は、わずか三歳で父親を失った遺児を不憫《ふびん》に思った。

「悲しみから脱け出すのに時間がかかると思いますけど、わたし、歩をちゃんと一人前に育てます」

「奥さんなら、やれるだろう。おれで役に立てることがあったら、いつでも遠慮なく言ってくれないか。藤原には、本当に世話になったんだ」

「藤原こそ、あなたに借りがあると言ってました。高校時代、多門さんは盛岡《もりおか》の若いやくざに絡まれてた藤原を助けてくれたんですってね。そのとき、相手をぶちのめして警察に連れていかれても、決して藤原の名前は出さなかったんでしょう？」

「昔のことは、よく憶《おぼ》えてないな」

「優しいのね」

瑶子が言った。多門は面映《おもはゆ》くなって、話題を変えた。

「その後、捜査本部から何か連絡は？」

「そうか。おれは歌舞伎町の北京マフィアが事件に関わってると睨《にら》んでたんだが、どうもそうじゃないみたいなんだ」

多門は、これまでの経過をかいつまんで話した。

「藤原は、中国人同士の喧嘩を目撃したなんて一言も話してくれなかった。なぜ、教えてくれなかったのかしら？」

「奥さんを不安にさせたくなかったからだろう。あいつは、そういう男だったからな」

「多分、そうなんでしょうね」

「それはそうと、さっき話した三十歳前後のキャップを被った日本人の男が臭《くさ》いと思うんだが、思い当たる人物は？」

「いません」

「そう」

「羅《ロー》という男が苦し紛《まぎ》れに、もっともらしい嘘をついたとは考えられません？」

瑶子が問いかけた。

「嘘をついてるような顔つきじゃなかったんだ。それに羅《ロー》が言ってたように、中国人マフィアが日本人を殺害したとなったら、警察は不法滞在や密入国した中国人を徹底的に

「別にありません」

洗うことになるだろう。そうなったら、中国人マフィアたちは新宿で旨味《うまみ》のあるブラックビジネスができなくなる」

「確かに、そうですね。となると、藤原が殺されたのは中国人マフィアの殺人を目撃したからではないということに……」

「毎朝タイムズの古賀デスクの話によると、藤原はテレビのドキュメンタリー番組の〝やらせ〟に関心を持ってたようなんだ」

「どこかのテレビ局がドキュメンタリー番組に、〝やらせ〟のシーンを使ってたことを藤原が見破ったんでしょうか？」

「それは考えられそうだな。昔から、テレビに〝やらせ〟や過剰演出は付きものだ。遺蹟、財宝、沈没船、怪獣、怪人、怪魚、未確認飛行物体、怪奇現象、各種の超能力と何でもありだよね？」

「ええ。ひどい場合は、番組に迫力を出す目的で故意に事件や事故も起こしてます。だいぶ昔、お笑いタレントのコンビがユーラシア大陸を無銭旅行したように見せかけて、実は次のロケ地まで飛行機を利用してたことが暴《あば》かれましたよね」

「そうだったな。視聴率を稼ぎたくて、各局の〝やらせ〟がだんだんエスカレートしたんだろう」

「ええ、そうなんでしょうね。〝やらせ〟が暴かれると、しばらくはどの局も自粛するようだけど、また同じ過《あやま》ちを……」

「テレビ局の連中は視聴率に振り回されすぎてる。高視聴率だと、いいスポンサーがつくんだろうがね」

多門は長嘆息した。

各局が制作費を安く抑えるため、下請けの番組制作会社を多く使っていることにも問題がありそうだ。発注主に気に入られたくて、過剰な演出をする下請けプロダクションも出てくる。そういう競争原理があるうちは、テレビは〝やらせ〟と縁が切れないのではないのか。

〝やらせ〟はテレビだけではない。かなり前に大手新聞社のカメラマンが珊瑚礁《さんごしょう》を傷つけたことを知りながら、コンビを組んでいた記者は自然破壊者を告発したいなどと特集記事でぬけぬけと書いた。

週刊誌も裏付けの甘いスキャンダル記事や明らかに演出と思われる街頭写真などを使っている。何かとテレビの〝やらせ〟が社会問題になるが、いまのジャーナリズム全体が基本的な姿勢を忘れてしまっているのではないだろうか。

「おかしな時代ね」

瑶子が言った。

「ところで、藤原が調べていた番組を観《み》てみたいんだが、コラム執筆のために集めたビデオテープ、ＤＶＤ、雑誌なんかは自宅に置いてあったのかな？」

「いいえ、そうした物は何もありませんでした。会社の自分の机やロッカーに保管してあるんじゃないかしら。デスクの古賀さんに電話で訊いてみましょうか？」

「いや、いいよ。自分で古賀氏に電話をしてみるから」

「そうですか。長々とお喋りしてしまったけど、とりあえずお礼の電話をと思ったんです」

瑶子が先に電話を切った。

多門はいったん通話を切り上げ、毎朝タイムズの古賀に電話をかけた。名刺に記《しる》されたナンバーはダイヤルインだった。

待つほどもなく古賀が受話器を取った。多門は名乗って、ビデオテープやＤＶＤ、雑誌など資料のことを訊いた。

「ビデオテープやＤＶＤをいろいろ集めて、彼は自分のロッカーに入れてありましたよ」

電話の向こうで、古賀が言った。

「その資料をお借りできませんかね？」

「弱ったな。実は、藤原君の通夜のあった日に何者かが資料をそっくり持ち去ったんですよ。一応、警察には届けたんですが、まだ何も連絡はありません。そんなわけで、ロッカーの中は空《から》っぽなんです」

「いったい誰が、コラム執筆用の資料を持ち出したんですかね。毎朝タイムズ東京本社には、社員以外の者は無断では入れないんでしょ？」

「ええ、原則的にはそうです。来訪者は一階の受付で自分の身分を明記し、面会相手の氏名や訪問時刻を書き込まなければならないんですよ」

「でしょうね」

「ただ、ビルメンテナンス会社の派遣従業員や出前の人たちは、いちいち名簿に名前を記載してるわけではありません」

「そういう者になりすませば、すんなりと社内に入れるわけか」

　多門は呟いた。

「そういうことになります。ただですね、資料はかなりの量だったんですよ。ビニールの手提《さ》げ袋一つじゃ、とても運びきれません。といって、手提げ袋を二つも三つも持ってたら、受付の者に怪しまれるでしょうね」

「手提げ袋をいったん別の場所に移しておいて、一つずつ外に運び出したんだろうか」

「どうもそうしたようですね。あるいは、うちの社員が誰かに抱き込まれて、藤原君の資料を盗み出したのかもしれません」

「なるほど」

「後者ではないと信じたい気持ちですがね」

吉賀が複雑な笑い方をした。

「資料を持ち去ったのが誰であれ、犯人は藤原が集めていたビデオテープやＤＶＤを第三者に観《み》られることを恐れたらしいな」

「おそらく、そうなんでしょう。これは単なる勘ですが、ビデオテープかＤＶＤに何か知られたくないシーンが映ってたんじゃないだろうか」

「たとえば？」

「ちょっと推理小説じみますが、ドキュメンタリーのロケ撮影したビデオテープかＤＶＤに、指名手配中の殺人犯が偶然に映ってたとか、何らかの理由で偽装自殺した奴がビデオで撮《と》られてたとか……」

「どちらかだったとしても、わざわざ危険を冒《おか》してまで、ビデオテープかＤＶＤを手に入れようと思うかな。一家にビデオデッキやＤＶＤプレイヤーが二台も三台もある時代です。同じ番組を録画した人間は大勢いるでしょうし、当然、テレビ局にはマスターテープが残っているはずです。藤原が持ってた録画ビデオかＤＶＤを盗んでも、あまり意味がないでしょ」

「言われてみれば、その通りですね」

「ビデオテープかＤＶＤのタイトルに記憶はありませんか？」

　多門は訊いた。

「藤原君がロッカーに仕舞う前に、何枚か自分の机の上に置いてあったことがあるな。確かタイトルは、日東テレビの矢吹千秋さんが制作した『茶髪《ちゃぱつ》群像の放課後』というシリーズ物の三部作と関東テレビ制作の『青い目の禅僧』だったと思います」

「矢吹ディレクターとスペイン料理の店の前で別れた後、藤原は殺されることに……」

「それは、ただの偶然でしょう。あの矢吹さんが事件に絡んでるはずありません。彼女は社会派の映像ドキュメンタリストとして、きわめて高い評価を得てるんですよ」

「誤解しないでください。別段、美人ディレクターを疑ってるわけじゃないんです」

「あなたが紛《まぎ》らわしい言い方をしたので……」

「確かに誤解を招くような言い方だったかもしれないな。それはそうと、テレビ局は自局で放映した番組の録画の貸し出しは一切やってないという話をどこかで聞いたことがあるんですが、どうなんでしょう？」

「ええ、そのようですね」

「やっぱり、そうか」

「うちの社の系列の毎朝《まいちょう》テレビの映像なら、裏から手を回して借りられないこともありませんが」

古賀が言った。

「いいえ、結構です。あるルートから、全局のドキュメンタリー番組の録画を入手も可能ですんで」

「海賊ＤＶＤ屋ですね？」

「ま、そんなとこです」

多門は言葉を濁した。四谷《よつや》に、知り合いの海賊ＤＶＤ屋がいた。

鳴神秀司《なるかみしゅうじ》という名で、四十八歳である。元大手商社マンの鳴神は日本のあらゆるテレビ番組を録画し、開発途上国に住む日本人ビジネスマンや日系人家庭にＤＶＤを売っていた。むろん、法律には引っかかる闇ビジネスだ。

「何か協力できることがあったら、遠慮なく言ってください」

古賀が言った。多門は礼を述べ、通話を切り上げた。

少し車を走らせたとき、またスマートフォンが鳴った。

「おれだよ」

発信者は杉浦だった。

「杉さん、歌舞伎町の『エメラルドホテル』のフロントマンに会えた？」

「ああ。現職時代の顔見知りだったんで、いろいろ喋ってくれたよ。事件当夜、楊《ヤン》と宿泊者カードに書いた七〇五号室の男は左耳が潰《つぶ》れてたらしいぜ」

「元ボクサーかもしれないな」

「あるいは、アマのレスリング選手ってこともあり得《う》るな」

「そうだね。ほかにわかったことは？」

「男は澱《よど》みのない日本語を喋ってたらしいよ、ロビーの公衆電話で。そのとき、フロントマンはたまたま屈《かが》み込んで調べものをしてたんだってよ。男は、フロントに誰もいないと思って、ふっと気を緩《ゆる》めちまったんだろう」

「そうなんだろうな」

「それから、その野郎は電話の相手に『百万の道具を使います』って話してたらしいんだ。それは、青龍刀のことなんじゃねえのか？」

「そう考えても、よさそうだね。杉さん、連れの女性については？」

多門は先を促《うなが》した。

「フロントマンの目にゃ、どことなく水商売関係の女のように見えたというんだ。仕種《しぐさ》や目の配り方が、ＯＬなんかとは違ってたらしいんだよ。連れの男の情婦《おんな》なのかもしれねえな」

「七〇五号に二人の遺留品《リュウ》は？」

「二人の物だと断定できるような物は何も遺《のこ》っちゃいなかったってよ。こいつは、新宿署に設置された捜査本部《チョウバ》に出張《でば》ってる本庁の捜査員からの情報だ」

「そう。その二人の割り出しは、ちょっと難しそうだな」

「ああ。なにしろ、現場に手掛かりらしい手掛かりを遺してねえからなあ」

「そうだね」

「クマ、どう動く？」

杉浦が訊いた。

「ちょっと別の線を当たってみるよ」

「別の線？」

「藤原はテレビの〝やらせ〟に関心を持ってたようなんだ」

多門は経緯《いきさつ》を話し、電話を切った。

ボルボを四谷に向ける。

2

録画DVDが積み上げられた。

四枚だった。海賊DVD屋の事務所の一隅だ。

「旦那、忙しいのに悪いね」

多門は鳴神に言った。

「水臭いこと言うなって」

「感謝するよ」

「ごゆっくり！」

鳴神がコーヒーの入ったマグカップを机の上に置き、ふたたび二十数台のDVDプレイヤーの並んだ場所に戻った。

ずらりと並んだテレビには、それぞれドキュメンタリー番組の映像が映っている。倉庫のような事務所だった。雑居ビルの一室だ。

鳴神はビデオテープやDVDの複製から発送まで、たったひとりでこなしていた。ワイシャツの上に、黄色っぽい作業ジャンパーを羽織っている。

だが、筋肉労働者には見えない。元エリート商社マンの雰囲気を漂わせている。

鳴神は自己破産者だった。親友の事業家の連帯保証人になったことで、家屋敷を失った上に莫大な借金を肩代わりする羽目になってしまったのだ。

鳴神が商社を依頼退社したとき、妻と娘は去っていった。そのことで、彼は一言も愚《ぐ》痴《ち》らなかった。

多門は七、八カ月前に鳴神と知り合った。路上に酔い潰《つぶ》れていた鳴神に声をかけたことが親しくなるきっかけだった。鳴神は声をかけられたことをとても嬉しがり、どうしても一杯奢《おご》りたがった。誘われるままに、多門は鳴神の馴染《なじ》みの屋台で安酒を飲んだ。

年齢に開きはあったが、割に波長は合った。多門は返礼のつもりで、鳴神を渋谷の行きつけの酒場に案内した。そんなことがあって、月に数回、酒を酌《く》み交わすようになったのである。

多門は最初に関東テレビが半年ほど前に制作した『青い目の禅僧』の録画ＤＶＤをレコーダーに入れ、ヘッドフォンをつけた。

映像を早送りしながら、最後まで観た。コンピューター・エンジニアだったアメリカ人青年が科学万能の世の中に懐疑的になり、禅の修行僧を志願するまでの軌跡をたどった地味なカメラ・ルポルタージュである。

演出されたシーンは随所に出てきたが、いわゆる〝やらせ〟と感じられる箇所はなさそうだった。

次に多門は、矢吹千秋が手がけた『茶髪群像の放課後PARTⅠ』を観はじめた。

女子中高校生たちの放課後の生態が次々に紹介された。

最初に登場した都内の私立女子高生は、中学三年生のときから使用済みのパンティーをアダルトショップに売って小遣い銭を稼いできたと得意気に喋っていた。

その少女の顔面にはモザイクがかけられ、音声も変えてあった。ごく平凡な少女だった。

なんとなく〝やらせ〟臭かったが、少女の言葉には妙に真実味があった。その女子高生の話によると、もはや下着を売ることや、ＪＫクラブの類《たぐい》は流行遅れらしい。補導される危険性もあることから、遊びの先端を行く女子中高生はそういう場所には近寄らなくなったという。

多くの少女たちは、出会い系アプリに熱中しているらしい。番組の中で、出会い系アプリのことが詳しく紹介された。

男たちは、若い女性たちのメールを閲覧できる仕組みになっている。むろん、料金がかかる。

〈使用済みの下着を売ります。パンティー三千円でどうですか？　そのほか、売ってもいいと思っている商品がいろいろあります。連絡をお待ちしています〉

〈新しいスマホが欲しいの。誰かエッチなしで、わたしにスマホを買ってください〉

〈渋谷系の彼氏を大募集しちゃってます。ついでに、H系アルバイトをしてもいいと思ってます。わたし、高一の女の子です。百五十八センチで、体重は四十四キロです。よろしくね！〉

番組の中で、そんなメールが紹介された。

世の中、すっかり変わってしまった。多門は苦笑して、ロングピースに火を点けた。

番組は女子高生の制服やファッションにも触れ、今度は学校帰りにターミナル駅構内や繁華街でイラン人の売人から大麻や覚醒剤を気軽に買う少女たちの姿を次々に映し出した。

その大半は、昔風の非行少女ではない。真面目そうな女子高生だった。

昔のズベ公は、ひと目でわかったものだが、いまは外見では何も判断できない。

多門は短くなった煙草の火を消した。

社会学者や心理学者のコメントで締め括《くく》られ、ＰＡＲＴＩは終わった。

ＰＡＲＴⅡは、渋谷のＤＪのいるクラブで陽気に踊っている女子高生たちがのっけに紹介された。

ヒップホップ系の音楽に合わせて体を揺さぶっている少女たちの顔には、あどけなさが残っている。だが、誰もが煙草を喫《す》い、アメリカ製のビールを飲んでいた。

「こうしたクラブの常連客は、いわゆる良家の子女ばかりです。通っているのも、名門の私立女子高が多いのです。経済的にも家庭環境にも恵まれている少女たちは、いったい何が不満なのでしょうか？」

男性レポーターが思い入れたっぷりに言い、何人かの少女に声をかけた。

意外にも、素直に答える者が多かった。

「若いときに遊んでおかないと、後悔すると思うの。だから、やりたいことをやってきたいんですよ」

「何かとストレスの多い世の中だから、ここで気分転換してるわけ。別にモラルに反抗してるわけじゃないわ。あなたの質問、超オワッテルって感じね。そう、ものすごくズレちゃってる」

「親？　一応、尊敬してるかな。だけど、愛情は感じてない」

どの答えも予想通りで、多門は少し退屈しはじめた。

カメラは池袋に移り、ナンパを愉《たの》しむ若者たちの生態を捉《とら》えた。

真夜中の池袋駅東口からサンシャインに抜ける〝サンシャイン60ストリート〟には、女子高生たちが幾人も歩いていた。彼女たちはナンパされることを待っているのだ。

大宮《おおみや》ナンバーや足立《あだち》ナンバーの車が何台もガードレールに寄り、代わる代わる少女たちに話しかけている。相手が気に入ると、彼女たちはあっさり車に乗り込む。

派手な車を運転しながら、気に入った少年をドライブに誘っている逆ナンパ組も見られた。専門学校生が多いようだ。

例によって、レポーターが街頭インタビューを試みる。

「怖い思い？　あるよ、何度も。ラブホに連れ込まれそうになったり、車ん中で無理やりおフェラさせられたりね。覚醒剤《シャブ》を注射されそうにもなった。でも、スリルがあって、愉しいの」

「なぜって、家にいても超ヒマでしょ？　だから、ここに来てるわけ。うん、気が合う男の子とはホテルまで行っちゃう。でも、たいがいは居酒屋とかカラオケに行くだけ」

「あたしはナンパされても、特に愉しくないな。それでもさ、退屈しのぎになるじゃん？　それだけね」

少女たちの口調は、あっけらかんとしていた。別段、虚勢を張っているようにも見えなかった。

カメラは西口の公園に移った。

園内のベンチには、女子高生と思《おぼ》しき少女たちが二、三人ずつ坐っている。若い男たちが少女たちに誘いの言葉をかける。話がまとまったグループは、連れだってネオンの街に消えていく。

ここでも、レポーターは少女たちにマイクを向けた。予想通りの答えが多かった。番組に〝やらせ〟のシーンがあったとしても、藤原が命を狙われるような危《ヤバ》いことはなさそうだ。

多門はDVDの映像を早送りし、PARTⅢをレコーダーにセットした。

ファーストシーンは、女子中高生たちに人気のある有名なドラッグストアの店内の模様だった。学校帰りの娘たちが試供品の口紅やマニキュアを試《ため》し塗《ぬ》りしたり、ヘアスプレーなどを選んでいる。

店内に流れるラップミュージックに合わせて、踊っている女子高生もいた。

カメラは、制服姿でカラースキンを三ダースも買った十六、七歳の少女の動きを追いはじめた。

や、やらせ臭い。多門は画面を凝視した。レポーターがカラースキンをまとめ買いした少女の肩を叩く。振り返った少女の顔は、モザイクでぼかしてあった。

「いま、男性用避妊具を三ダースも買ったよね？」

「ええ、はい」

「彼氏用なのかな？」

「違います。アルバイト仲間に頼まれたの」

「どんなアルバイトをしてるの？」

「歌舞伎町のＪＫクラブでちょっと……」

「よかったら、話を聞かせてもらえないか」

「いいですよ」

少女は快諾《かいだく》した。レポーターが少女を店の外に連れ出し、近くの裏通りに導く。

「高校生？」

「ええ、二年です」

「いつからＪＫクラブでバイトをやってるの？」

「中二からです」

「嘘でしょ⁉」

「ほんとですよ」

「ＪＫクラブのシステムは、どうなってるの？」

「お客の男性は入会金一万円、入店料五千円、それから店外デートするときに相手の女の子に交通費として五千円渡すことになってるの」

少女が澱《よど》みなく答えた。

「店外デートのとき、客はホテルに行こうなんて誘わない？」

「約九割が誘いますね。でも、わたしたち、やたら売春《ワリキリ》をしてるわけじゃありません。オーケーするのは、十人にひとりぐらいかな」

「どういう男なら、一緒にホテルに行く気になるの？」

「優しそうで、不潔っぽくない男性ですね」

「料金は決まってるの？」

「バイト仲間で最低五万円って決めてる子もいるけど、わたしは三万円か四万円ですね」

「なぜ、体を売る気になったの？」

レポーターが訊く。

「わたし、ちょっと見栄っ張りなんですよ。だから、ブランド物の服やバッグを集めてるの。でも、月に一万円の小遣いじゃ、とても買えないでしょ？　それで、中二の終わりから……」

「それまで性体験は？」

「ありました。塾の若い先生を好きになって、ヴァージンを捨てちゃったんです」

「ちょっと信じられない話だな」

「初体験が中二というのはそう多くないけど、中三だったという子は割にいますよ。高二のいまは、クラスの約半分がもう体験済みね」

「学校は公立？」

「いいえ、私立です」

少女が学校名を挙げたが、その部分の音声は掻《か》き消された。

「お嬢さま学校だね。お父さんは、どういう仕事をしてるの？」

「公認会計士です。母は事業主婦です」

「アルバイト仲間で危険な目に遭《あ》った子は？」

「何人かいますね。やくざの組事務所に連れ込まれて、裏ＤＶＤを撮《と》られたり、コールガールにされたり。それから、デート相手に逆にお金を脅し取られた子もいます」

「そんな怖い思いをした子たちが身近にいるのに、まだアルバイトをつづける気？」

レポーターが説教口調になった。

「そろそろ月に三、四十万くれそうな〝パパ〟を探すつもりです」

「俗に〝パパ活〟と呼ばれてるやつだね？」

「うん、そう。相手をひとりに絞ったほうが何かとメリットがあるでしょ？　シャネル、フェンディ、プラダといったブランド品をプレゼントしてくれる素敵なおじさまがいたら、キスもフェラもオーケーね」

「きみの友達で、特定の男性と〝パパ活〟してる子はいるのかな？」

「ええ、何人かいますよ。その中のひとりは、某有名女子中高校の理事長に月に百五十万円も貰ってるの」

「その子を紹介してもらえないだろうか。もちろん仮名にして、顔はモザイク処理するからさ」

「彼女がオーケーするかどうかわからないけど、電話してみてあげてもいいですよ」

少女が言い終えたとき、画面に大手建設会社のＣＭが映った。

多門は煙草に火を点け、コマーシャルを早送りした。ＣＭが消え、画面に椅子《いす》に坐った少女が映し出された。私服だった。濃いサングラスで目を隠している。ホテルの一室のようだ。

「いま画面に映っているＭ子さんは、名門私立女子高の二年生です。彼女は某有名私立女子中高校の理事長から毎月、百五十万円の手当を貰っている事実を明かしてくれることになりました」

女性ナレーターの声が入り、番組のレポーターがＭ子に質問しはじめた。

「きみのパトロンは、本当に某有名女子中高校の理事長なの？」

「ええ。お嬢さま学校として知られてる女子中高校の理事長です」

「その学校は都内にあるんだね？」

「はい。洒落《しゃれ》たグレイの制服は、教育ママたちの憧《あこが》れの的になってると思います」

「どういうきっかけで、その理事長の世話を受けることに？」

「わたし、理事長の乗ってたロールスロイスに轢《ひ》かれそうになったんですよ。わたしのほうが悪かったの。夜明かしで渋谷のクラブで踊ってた帰りで、信号をよく見てなかったんです」

「そのとき、怪我《けが》は？」

「転んだとき、足を捻挫《ねんざ》しただけです。でも、パパ、いいえ、理事長はわたしを知り合いの外科クリニックに連れてってくれて、とても親切にしてくれたんです。彼は自分の娘が高校生のときに病死したとかで、わたしに代理の娘になってほしいと言って、おいしい物を食べさせてくれたり、洋服を買ってくれたりしてくれたんです」

「そんな二人が、なぜ男女の関係に？」

「彼は魔が差したんだと思います。ワインに酔ったわたしの寝姿を見ているうちに、むらむらと……」

「きみは力ずくで体を奪われたんだね？」

「ええ。でも、わたしはパパを恨んだりしませんでした。実の父以上に好きだったから」

M子が答えた。

「それからは、パトロンと愛人という関係をつづけてるわけだね」

「はい、そうです」

「パパとは月に何度ぐらい会ってるの？」

「二回です。彼はもう五十九ですし、忙しいんで」

「パパは教職者じゃないんだろう？」

「ええ。学校の経営者で、教育者ではありません」

「しかし、学校関係者であることは間違いないわけだ。そんな人物が、女子高生を愛人にしていることは問題なんじゃないかな」

レポーターが問いかけた。

「道徳的にはよくないことかもしれませんけど、彼も生身の人間ですからね。奥さんとの関係も冷えきってるみたいで悩んでましたから、どこかで息抜きしたかったんじゃないのかな」

「それにしてもね」

「世間の人たちにどんなに非難されても、わたしはパパが望むなら、ずっと愛人をつづけてもいいと思ってます。彼のことは嫌いじゃないし、月に百五十万円も貰えるのは魅力だもの」

M子はそう言って、昂然《こうぜん》と胸を張った。

ナレーターの問題提起めいたコメントでまとめられ、番組は終了した。

M子のインタビューは、〝やらせ〟っぽい。理事長が四年制女子大学を創設したがっていた話まで喋らせたのは、何か意図《いと》があるのではないか。

多門は、そう思った。ほかには、〝やらせ〟と感じられる場面は出てこなかった。

ひと通りDVDを観終えたのは午後九時近い時刻だった。多門は『茶髪群像の放課後PARTⅢ』の録画DVDを譲り受け、鳴神のオフィスを出た。

ボルボに乗り込み、日東テレビの矢吹千秋に電話をする。幸運にも、千秋はまだ局内にいた。

「実は、ちょっとお願いがあるんですよ」

多門は切り出した。

「何でしょう？」

「あなたが制作した『茶髪群像の放課後ＰＡＲＴⅢ』にＭ子という女子高生が出演してますよね？」

「ええ。それが何か？」

「知り合いのフリージャーナリストが、Ｍ子という女子高生に単独インタビューしたがってるんですよ。Ｍ子の連絡先を教えてもらえませんか？」

「申し訳ありませんけど、それはお教えできません。Ｍ子は、あの番組に出たことを後悔してるんです。それ以前に、被取材者の正体を明かすわけにはいかないんですよ」

千秋が、きっぱりと協力を拒《こば》んだ。

「矢吹さんや日東テレビには決して迷惑をかけません」

「それでも、困るんです」

「そこを何とかお願いしますよ。もしかしたら、藤原の事件の謎を解く鍵が見つかるかもしれないんです」

多門は粘った。

「わたしの制作した番組が、藤原さんの死に何か関わってるとでも？」

「いや、そこまではわかりません。ただ、その可能性もあるような気がしたもんですから」

「根拠もないのに、そういうことを軽々しく口にするのは……」

「ちょっと軽率だったか」

「まだ仕事が残っているので、失礼します」

千秋が硬い声で言い、電話を切ってしまった。

彼女に謝って、なんとかM子の連絡先を教えてもらおう。現在のところ、手掛かりはM子だけだ。

多門はイグニッションキーに手を伸ばした。

3

第二制作室から千秋が現われた。

ひとりではない。同僚らしい中年男と一緒だった。

とっさに多門は身を隠した。日東テレビの二階である。千秋たち二人は仕事の話をしながら、階段の昇降口に向かった。

午後九時半過ぎだった。

千秋たちは階段を下《くだ》りはじめた。多門は美人ディレクターに声をかけそびれてしまったことを悔やみながら、二人の後を追った。

二階と一階の間にある踊り場で千秋の名を呼んだ。だが、話に夢中の彼女は気がつかなかった。同僚らしい男と地下一階の駐車場まで降りた。

車で帰宅するのか。それとも、どこかに取材に出かける気なのだろうか。

多門は二人の後につづいた。

千秋は連れの男に軽く手を振り、白いＢＭＷに乗り込んだ。男は四輪駆動車の運転席に入った。

多門は千秋を尾《つ》ける気になった。急いでボルボに乗り込み、エンジンを始動させる。

白いＢＭＷが発進した。多門は千秋の車を追った。

ＢＭＷは二番町《にばん》から紀尾井町《きおい》を抜け、赤坂《あかさか》に出た。

千秋の自宅は赤坂にあるのか。多門は予想しながら、ドイツ車を追尾しつづけた。ＢＭＷが停まったのは赤坂八丁目にあるレストランクラブだった。

千秋は店の駐車場に車を入れ、慌ただしく店内に入った。

多門は少し時間を遣《や》り過ごしてから、レストランクラブに足を踏み入れた。美人ディレクターは奥のテーブルにいた。

四十三、四歳の端整な顔立ちの男と親しげに談笑している。卓上のキャンドルライトの赤い光が何やら妖《あや》しい。多門は男のことが気になった。二人は特別な間柄なのか。できることなら、二人の会話が耳に届く席に坐りたかった。しかし、あいにく周《まわ》りのテーブルは埋まっていた。

やむなく多門は中ほどの席に着いた。

サーロイン・ステーキとバーボンソーダを頼んだ。退《さ》がりかけた若いウェイターを小声で呼び止め、多門はさりげなく問いかけた。

「ここには、よくテレビ局の人間が来るの？」

「ええ、まあ」

「奥のテーブルにいる女性は、日東テレビの矢吹さんだろう？」

「あの女性のお名前は存じませんが、同席されている男性は日東テレビのプロデューサーですよ」

ウェイターが答えた。

「やっぱり、そうか。彼とは、何かのパーティーで会ったことがあるんだ。えーと、富《と》田《み》さんだったっけな」

「いいえ、唐沢《からさわ》さんです。唐沢淳一《じゅんいち》さんですよ」

「ああ、そんな名だったな」

多門は話を合わせ、すぐに言い重ねた。

「唐沢氏は、ここの常連のようだね？」

「ええ、もう何年も前からのお客さまです」

「連れの女性は、よく来てるのかな？」

「週に一度ぐらいは、お見えになられますよ」

「いつも唐沢氏と一緒？」

「はい。失礼ですが、お客さまは？」

ウェイターが怪しむ顔つきになった。

「そんな怖い顔をするなよ。おれも某テレビ局の人間なんだ」

「どちらのテレビ局です」

「関東テレビだよ」

「そうでしたか」

「呼び止めたりして、悪かったな」

多門は謝意を表した。

ウェイターが一礼し、テーブルから遠ざかった。唐沢という男は、独身ではないだろう。女性が妻子持ちの男に惚れたら、苦労するに決まっている。

多門の脳裏《のうり》には死んだ母親の顔が浮かんでいた。

母は道ならぬ恋におち、未婚のまま多門を産んだ。多門は幼いころ、出自《しゅつじ》のことで近所の悪童たちによくからかわれた。

そのつど、気丈な母は悪童たちを怒鳴りつけて追い払ってくれた。昔の話だが、その情景はいまでも鮮《あざ》やかに記憶に残っている。

看護師だった母は多門の父親には、経済的な負担は一切かけなかった。自分の親兄弟にも泣きつくことなく、多門を育て上げた。

母の生き方は潔《いさぎよ》かった。

家庭のある男を好きになってしまった償《つぐな》いとして、あえて茨《いばら》の道を選んだわけだ。簡単なようだが、苦労の連続だったにちがいない。

多門は美人ディレクターの生き方にある種の危《あや》うさを感じた。

どの女性にも幸せになってもらいたい。悲しい思いをさせたくなかった。女性たちは存在するだけで尊い。仮にこの世から全女性が消えてしまったら、男たちは生きる希望を失ってしまうだろう。女性がいるから、多くの男たちは仕事に情熱を燃やせ、自分自身も輝けるのではないか。

女性が存在しなくなったら、男たちは殺し合い、自《みずか》らの命を絶ってしまうだろう。逆に言えば、女性がいるから、男たちは生きていけるわけだ。

男たちの生の原動力である女性たちを悲しませることは、何がなんでも避けなければならない。

矢吹千秋が深く傷つく前に唐沢と別れてくれるといいのだが……。

待つほどもなく、バーボンソーダが運ばれてきた。多門はグラスを傾けながら、奥の二人の様子をうかがった。

二人は顔を寄せ合って、何か囁《ささや》き合っていた。千秋のほうが唐沢にのめり込んでいるように見受けられた。

少し経《た》つと、サーロイン・ステーキが届けられた。

多門はナイフとフォークを使いながら、千秋たちに時折、目を向けた。相変わらず二人は睦《むつ》まじげに話し込んでいる。

二人はこの後、どこかのホテルにしけ込むのだろうか。唐沢が千秋を戯《たわむ》れの相手と考えているようだったら、二人の仲を裂《さ》かなければならない。

多門はステーキを食べながら、本気で考えはじめた。

千秋たちが席を立ったのは、ちょうどステーキを食べ終えたときだった。多門は顔半分を手で隠し、メニューを覗《のぞ》く振りをした。

千秋はすぐ近くを通ったが、多門には気づかなかった。唐沢がカードで支払いを済ませている間に、美人ディレクターは先に外に出た。

多門は立ち上がり、レジに向かった。

すでに唐沢はレジから離れかけていた。多門は大急ぎで勘定を済ませ、店の駐車場に走った。白いＢＭＷは、ゆっくりと動きはじめていた。助手席には唐沢が坐っている。

多門はボルボに乗り、ふたたび千秋の車を尾《つ》けはじめた。ＢＭＷは外苑東《がいえんひがし》通りに出ると、六本木方面に向かった。

多門は一定の車間距離を保《たも》ちながら、千秋の車を追った。

ＢＭＷは六本木の裏通りにある高級ラブホテルの地下駐車場に潜《もぐ》り込んだ。

多門は自分の予想が正しかったことを哀《かな》しく思った。ボルボをホテルの斜め前に駐《と》める。

一見、シティホテルのような造りだ。けばけばしい軒灯はない。

しかし、情事のためのホテルであることを多門は知っていた。彼自身が何度か利用したことがあった。平日のこの時刻だから、泊まりではないだろう。

多門はヘッドライトを消し、ロングピースをくわえた。

美人ディレクターは唐沢に抱かれ、どんなふうに乱れるのか。その媚態《びたい》や喘ぎ方を想像すると、下腹部《はら》が熱を孕んだ。

多門は、頭から淫《みだ》らな想像を追い払った。

彼は精力絶倫だった。ほぼ一日置きに女性を抱いている。そのリズムパターンを崩すと、心身ともに調子が悪くなる。

幸いにもベッドを共にしてくれる相手は、常時十人以上はいた。愛嬌のある面差《おもざ》しが母性本能をくすぐるらしく、女性に不自由したことはない。

誰か女友達を呼んで、千秋たちのいるホテルで情事を娯《たの》しむか。

多門は一瞬、そんな気になった。しかし、すぐに思い直した。異性を抱くからには、とことん相手を悦《よろこ》ばせなければならない。全身を駆使して、徹底的にもてなす。

それが男の務《つと》めというものだろう。それには、二時間程度の休憩では時間が足りない。相手に奉仕している間に、千秋がホテルを出てしまうかもしれなかった。

そんなことになったら、千秋にそれとなく説教をすることができなくなる。それ以前に休憩だけで別れたら、呼び出した相手に失礼だろう。

多門は短くなったロングピースを灰皿に突っ込み、美寿々のマンションに電話をかけた。

コールサインが十数回鳴ってから、固定電話の受話器が外れた。だが、応答はなかった。

「朱花《ツウホワ》ちゃん、おれだよ」

「その声は多門さんね？」

「ああ、そうだ。何もなかった？」

「ええ」

「そいつはよかった。くどいようだが、美寿々ちゃんが店から帰ってくるまで、絶対に玄関のドアを開けるなよ」

「はい」

「それから電話がかかってきたら、さっきみたいに相手の声を聴いてから喋ったほうがいいな」

「そうするわ。多門さん、今夜はどうするんです？」

朱花《ツウホワ》が訊いた。

「着替えもしたいから、今夜は自分のマンションで寝るよ」

「きのうは、あまり眠れなかったんでしょ?」

「いや、ぐっすり眠ったよ」

「嘘だわ、それ。今朝《けさ》、多門さんの両目は真っ赤だったもの。ごめんなさいね、わたしのために」

「いいんだよ。また、連絡する」

多門は電話を切って、シートをいっぱいに倒した。

ホテルの地下駐車場から白いBMWが走り出てきたのは、午前一時過ぎだった。

助手席の唐沢はゆったりとシートに凭《もた》れていた。ベッドで、だいぶエネルギーを消耗したようだ。

多門は、また千秋の車を尾行しはじめた。

BMWは表通りに出ると、いったん停まった。唐沢だけが車を降り、通りかかったタクシーを拾った。

唐沢を見送る千秋を見て、多門は哀《かな》しくなった。

やがて、タクシーが見えなくなった。千秋がようやくBMWを走らせはじめた。

多門は注意深く追尾《ついび》していった。千秋の車は麻布十番《あざぶじゅうばん》を抜けて、白金《しろかね》方向に走った。

車が停まったのは、三階建てマンションの駐車場だった。白金台である。

低層マンションの駐車場は道路に面していた。

多門は低層マンションの少し手前で、ボルボを路肩に寄せた。そのとき、千秋がBMWを降りた。

ほとんど同時に、暗がりから人影が現われた。花束を抱えた若い男だった。
二十八、九歳だろうか。長身で、瘦《や》せている。黒っぽいスーツの上に、キャメルのオーバーコートを着ていた。
千秋が男に気づき、立ち竦んだ。男が何か言って、花束を差し出した。千秋が手を横に振り、後ずさりはじめた。男は執拗《しつよう》に花束を渡そうとしている。千秋の昔の恋人が、よりを戻そうとしているのだろうか。

急に千秋が身を翻《ひるがえ》した。

男は何か喚《わめ》きながら、千秋を追った。千秋は駐車場の端まで走ったが、逃げ場を失ってしまった。男が哀願口調で何か言って、千秋の手に花束を強引に握らせようとしている。

「しつこい野郎だ」

多門は見かねて、ボルボから出た。二メートル近い巨身ながら、身ごなしは軽い。二人のいる場所まで、ほんの数秒で達した。

「おい、いい加減にしろ！」

多門は、花束を持った男を咎《とが》めた。

「余計な口出ししないでくれ。矢吹千秋は、ぼくの婚約者なんだ」

「嘘よ！　わたし、この男《ひと》の名前も知らないんです」

千秋が男の言葉を遮《さえぎ》った。

「何を言ってるんだ、きみは！　ぼくらは来月、ハワイの教会で結婚式を挙げることになってるのに」

「あなた、変よ。とにかく、お引き取りください」

「千秋、なぜなんだっ。どうして、きみはぼくを避けはじめたんだ？　誰かほかに好きな奴でもできたのかっ」

「お願いだから、帰ってちょうだい！」

千秋が男の手を払いのけ、多門のいる方に走ってきた。多門は、すぐに千秋を背の後ろに庇《かば》った。

男が走り寄ってきて、大声を発した。

「どいてくれ！　人の恋路を邪魔しないでくれっ」

「後ろにいる彼女は、そっちのことは知らないと言ってる」

「そんなわけはない。ぼくらは三年も前から愛し合ってきたんだから」

「とにかく、失《う》せろ」

多門は目に凄《すご》みを溜《た》めた。

男が何か言いかけ、口を噤《つぐ》んだ。気圧《けお》されたのだろう。男はカトレアの花束を路上に叩きつけると、逃げるように走り去った。

「ありがとうございます」

千秋が多門の前に回り込み、深々と頭を下げた。

「いまの奴、本当に知らないんだね？」

「ええ。きっとストーカーだわ」

「愛の妄想者なんて呼ばれてるストーカーが、そんなに多くなったのか」

多門は唸った。

ストーカーは、現代社会が産み出した〝怪物〟だと言われている。犯罪の多いアメリカでは、ほとんどの州で「ストーキング防止法」が制定された。全米で年間約二十万件の被害届が警察に出されているという。

日本にも、昔から特定の人物にまとわりつく者はいた。人気スターやアイドルの〝追っかけ〟も、一種のストーカーと言えるかもしれない。しかし、最近は、忍び寄《ストーク》る対象が芸能人や著名人だけではなくなってしまった。ごく一般の市民が狙われるようになった。被害者は圧倒的に若い女性が多い。それも、理智的な美人がターゲットにされる傾向があると言われている。

「アメリカ型の新犯罪が急増してることは間違いありません。うちの局の女性アナウンサーやキャスターの半数近くが、口をきいたこともない男につきまとわれてるんです。手紙やプレゼントを無視すると、深夜に無言電話がかかってきたり、職場に誹謗中傷《ひぼうちゅうしょう》の言葉を書き連《つら》ねたファクスが送られてくるらしいの」

「そいつは、ひどい話だ」

「あるアナウンサーはマンションの郵便受けに精液入りのスキンや性具を投げ込まれて、とうとう引っ越さざるを得なくなってしまったんです。編成局の女性スタッフはアパートの部屋に忍び込まれて、化粧品やランジェリーをごっそり盗まれたそうです。相手の社会生活まで破壊するようなストーカーは、明らかに異常者ですよ」

「そうだね。さっきの男に付け回されてる気配はあったの？」

「はい、半月ほど前から尾行されてるような気がしてたんです。でも、姿を見せたのは初めてでした」

「びっくりしたろうな」

「ええ。一瞬、逃げなかったら、殺されるかもしれないと思いました。それはそうと、なぜ、あなたが近くにいらしたの？」

千秋が訝《いぶか》しんだ。

「実は矢吹さんに電話をした後、日東テレビに行ったんですよ。なんとかM子の連絡先を教えてもらいたくてね」

「その件では、はっきりとお断りしたではありませんかっ」

「そうなんだが、そこを何とか」

「絶対にお教えできません。それより、多門さんは局から、このわたしを尾けてきたんですね？」

「結果的には、そういうことになるな。しかし、こっちは別にストーキングするつもりで追い回してたんじゃないんだ。それだけは信じてほしいな」

「それじゃ、彼も見られたのね」

「唐沢って彼も、日東テレビの社員みたいだな？」

「もうそこまで調べてたんですか。彼は、わたしの担当番組のプロデューサーです」

「そうだってな」

多門は短く応じた。

「あなたとはゆっくり話をする必要がありそうね」

「どういう意味だい？」

「わたしの部屋で話しましょう」

「話って、何を？」

「部屋は三〇一号室です。ご案内します」

千秋が強張《こわば》った表情で言い、先に歩きだした。

不倫の仲を早く清算すべきだと言ってやろう。多門は黙って千秋に従った。

4

間取りは1LDKだった。

室内は小ざっぱりと片づけられている。香草の鉢植えがいくつも目に留《と》まった。

多門はリビングソファに腰かけていた。千秋は少し前に奥の部屋に入ったきり、出てこない。着替えをしているのか。

多門は煙草を喫《す》いはじめた。

ふた口ほど喫ったとき、奥の部屋から千秋が姿を見せた。服装は変わっていない。

千秋は向かい合う位置に坐ると、厚みのある白い封筒を卓上に置いた。

「これを黙って受け取ってください」

「え？」

「今夜あなたが見たことを忘れてほしいの。封筒に三十万円入っています。もし不足なら、明日、もう少しお支払いしてもかまいません」

「口止め料ってことか。おれも見くびられたもんだな」

多門は自嘲し、喫いさしのロングピースの火を揉み消した。

「いくら差し上げれば、唐沢さんとのことを内緒にしておいてくれます？　百万？　それとも、二百万円？」

「痩せても枯れても、女性を強請《ゆす》る気なんかない。厭味《いやみ》な言い方になるが、そう貧乏はしてないんだ」

「お金に関心がないとしたら、わたしのこの体が……」

千秋は、さすがに言葉を濁した。

「自立してる女性が、そんな安っぽい台詞《せりふ》を口にしちゃいけないな。もっと堂々としてたほうがいい」

「でも、あなたにスキャンダルを知られてしまったわけですから。独身《シングル》のわたしは唐沢さんとのことが公《おおやけ》になってても別にかまわないけど、彼には奥さんやお子さんがいるんですよ。ですので、唐沢さんを困らせたくないの」

「唐沢ってプロデューサーにぞっこんらしいな」

「ええ、愛しています」

「向こうは、どうなの？」

「彼も同質の感情を持ってくれていると思います」

「そいつは、矢吹さんのうぬぼれかもしれないよ。唐沢氏が本気であなたに惚れてたら、奥さんときっぱり別れるんじゃないかな」

「一度、彼はそうしてくれると言いました。でも、わたしが思い留《とど》まらせたのです」

「なぜ？」

多門は問いかけた。

「わたし、結婚という形態には拘《こだわ》っていないんです。ですんで、彼に離婚を強《し》いてまで妻の座を得たいとは思ってないの」

「そういう考えがあってもいいと思うよ。しかし、唐沢氏は心底あなたを必要としてるんだろうか。妻の体に飽《あ》きたんで、若い女性を摘《つま》み喰《ぐ》いする気になっただけなのかもしれないぞ。妻子持ちの中年男が若い女性に手をつける場合は、たいていそんな動機だからな」

「彼をそのへんの中年男たちと一緒にしないで！」

千秋が柳眉《りゅうび》を逆立《さかだ》てた。

「相手に夢中になってるときは、ただの浮気な男でも特別に輝いて見えるもんだ。しかし、その多くは錯覚ってやつだね」

「失礼ですよ」

「こっちはどんなに憎まれても、別にいいんだ。ただ、そっちがみすみす不幸になるのを黙って見ていられないんだよ」

「わたしは充分に幸せだわ」

「いまは、そうかもしれない。しかし、その幸せがずっとつづくとは限らないよ。何年か先には唐沢氏は妻の許《もと》にもどるかもしれないし、別の愛人を見つける可能性もあると思う」

「わたしは、もう小娘ではありません。男と女が永遠に愛し合えるとは思っていないわ。いつか二人の恋愛感情は冷めるでしょう。そうなったら、当然、彼との関係は終わるでしょうね」

「そういう恋愛哲学は、若いうちだけしか通用しないんじゃないのかな。年老《お》いれば、誰だって気弱になるだろうし、淋しさも募《つの》るだろう」

多門は言った。

「でしょうね。でも、恋愛はいくつになってもできるわ。誰かそばにいてほしいと思ったら、ごく自然にそういう相手を見つけるんじゃないかしら。それが人間の知恵なんじゃありません？」

「その通りかもしれないが、あまりにも刹那《せつな》的な生き方だな。結婚するか、しないかは別にして、自分の年齢に適《あ》った相手を選ぶべきだよ」

「さまざまな障害を乗り越えて男と女が絆《きずな》を強めるのが恋愛でしょう？　年齢差を云々《うんぬん》するのはおかしいわ」

千秋が断定口調で言った。

多門は反論できなかった。美人ディレクターの言ったことは正論も正論だ。しかし、生身の人間は必ずしも正論通りに生きているわけではない。それぞれが本音と建前を巧《たく》みに使い分けながら、器用に生きている。

唐沢がどんなに千秋に甘言を弄《ろう》しても、その想《おも》いが真実とは思えない。美しい花を見れば、自分の手で手折《たお》ってみたいと願うのが男の生理だろう。

極言すれば、世の男たちはお気に入りの女性を繋ぎとめておくためには、平気で嘘もつく。時には、歯の浮くような台詞を言ってのける。

多門自身にも覚えのあることだった。

賢い女性たちは、そのことに気づいている。しかし、自分の愛した男たちは例外だと考えがちだ。千秋も、そのひとりなのだろう。

「報《むく》われない愛に熱くなっても仕方がないよ」

「あなたのご意見として、一応、拝聴しておきます。それはそうと、どうすれば、彼のスキャンダルを表沙汰にしないで済むんです？　お金やセックスじゃ、駄目なんでしょ？」

「そんなことで、他人《ひと》の口にチャックはできない」

「あっ、わかりました。あなたは、M子の連絡先を知りたいのね？」

千秋が言った。

「教えてもらえるのかな」

「いいえ、教えられないわ。たとえ唐沢さんとわたしの関係をバラされても、彼女がどこの誰かということは絶対に喋りません。そんなことをしたら、映像ドキュメンタリストとして失格ですもの」

「M子のことは諦《あきら》めよう。ただ一つだけ、確認したいんだ」

「『茶髪群像の放課後ＰＡＲＴⅢ』に出てきたＪＫクラブの女の子とＭ子は、実際にあ
あいうことをしてるの？」

「何をでしょう？」

多門は千秋の顔を直視した。千秋がまっすぐ見つめ返してきた。

「もちろん、そうです。仮名を使ってるけど、二人とも間違いなく高校生よ」

「どっちも、よく撮影を許したな。モザイク処理で顔をぼかして、音声も変えてあるが、級友や家族が番組のＤＶＤを観《み》たら、インタビューに答えてる女の子が誰だかわかるだろう」

「周囲の人たちにも気づかれないよう画像をうまく処理してあります。そうじゃなかったら、彼女たちは出演をオーケーしませんでしたよ」

「それはそうかもしれないね。それにしても、あの二人は大胆だ。ＪＫクラブでバイトをしてる子もそうだが、Ｍ子の告白にはびっくりさせられたよ」

「実は、彼女たちよりも何倍も不道徳な生き方をしてる女子高生もいたの。でも、その子を画面に登場させることは、さすがに抵抗があったんですよ」

「その子はどんなことをしてたのかな？」

多門は質問し、煙草をくわえた。

「いじめられっ子だった彼女は、かつて自分をいじめた友人たちを次々に誘《おび》き出して、つき合ってる彫師《ほりし》見習いの男子を使って刺青《いれずみ》を手の甲《こう》に入れさせてたの。それで、そのあと彼女は昔のいじめっ子たちの性器にガラスの破片や画鋲《がびょう》を突っ込んでたらしいんです」

「グロテスクだな」

「ええ、そうね。それに売春なんかとは性格の異《こと》なる犯罪行為だから、取材対象から外しちゃったんですよ」

「当然だろうな。話を元に戻すが、M子のコメントの裏付けは？」

「むろん、事実関係のチェックはしました。M子が某有名女子中高校の理事長に月百五十万円の愛人手当を貰ってることは事実です」

「相手の理事長は、そのことを認めたの？」

「当のご本人は否定しました。ですけど、彼がM子に月々百五十万円を振り込んでいることを彼女の預金通帳で確認することができたんですよ」

「しかし、それだけでは理事長がM子のパトロンだって証拠にはならないな」

「でも、わたしたちスタッフはM子が理事長と裸で戯《たわむ》れてる映像を観せてもらったんです。M子が面白半分にスマホのカメラをベッドに向けてたらしいの」

千秋が脚《あし》を組んだ。

「なるほどな。しかし、M子の言葉にはある種の作為《さくい》というか、演出臭さというか、そういうものが感じられた」

「もっとはっきりとおっしゃってください。M子の話には嘘が混じってるとでも？」

「いや、そこまでは言ってない。ただ、M子が理事長のことを詳しく喋ったのがどうも解《げ》せなくてね。番組の中で、M子は理事長が四年制女子大学の創設まで計画してたことを話してる」

「ええ、そうでしたね」

「あそこまで話したら、理事長がどこの誰か、わかる奴にはわかってしまう。都内でここ十年間に四年制女子大の創設を申請してた女子校は、港区にある聖順《せいじゅん》女子学院しかないでしょ？」

多門は言って、美人テレビディレクターの顔を見た。千秋は必死に平静さを装《よそお》おうとしているが、狼狽《ろうばい》の色は隠せなかった。

「M子のパトロンは聖順女子学院の理事長なんだね？」

「その質問には、お答えできません」

「はっきり否定しないということは、聖順女子学院の理事長と考えてもいいんだろうな」

「………」

「M子のコメントは、理事長を視聴者にわざわざ教えてるようにも感じ取れる。ディレクターのそっちは、M子と援助交際してる理事長を暗に断罪したかったのかな？」

「そんな意図は、まったくないわ。わたしは閉塞《へいそく》的な病んだ社会が若い心まで捩《ねじ》曲げてしまったというメッセージを自分の番組に盛り込んだだけです。特定の誰かを弾劾《だんがい》しようとか、陥《おとし》いれてやろうだなんてことは、これっぽっちも考えなかったわ」

「その通りだと信じたいがね。殺された藤原は、どうも『茶髪群像の放課後』三部作に何か特別な関心を持ってたようなんですよ」

多門は少し改まった喋り方をした。

「それは、どういう意味なんです？」

「藤原は例の三部作のＤＶＤを観て、何かに気づいたんじゃないかな」

「何かって？」

「そいつがはっきりしないんだ」

「なんだか感じが悪いわ。わたしが手がけたドキュメンタリー番組が、藤原さんの死と関わりがあるようなおっしゃり方をされて」

千秋が整った顔を曇らせた。

そのとき、サイドテーブルの上で固定電話が鳴った。千秋が一瞬、身を硬くした。

「どうぞ電話に出てください」

多門は背をソファに預けた。

千秋が椅子から立ち上がり、サイドテーブルに歩み寄った。受話器を耳に当てたとたん、顔つきが険《けわ》しくなった。

多門は振り出しかけた煙草をパッケージに戻し、千秋の横顔を見つめた。

「こういう電話は迷惑だわ。え？　とぼけるも何も、わたしはあなたのことを知らないのよ。もちろん、婚約なんかしてません！」

千秋が言い放って、受話器を置いた。

「さっきの男だね？」

「ええ」

「今度かかってきたら、こっちが出てやろう」

多門は言った。

その直後、ふたたび電話の着信音が響きはじめた。多門は腕を伸ばして、受話器を掴み上げた。

怒声を張り上げかけたとき、若い女性の声が流れてきた。

「わたしです」

「どちらさまでしょう？　矢吹さんのお宅ではありませんか？」

「筒井《つつい》です。いま、本人と換わります」

「そうです。いま、本人と換わります」

多門は送話口を手で塞《ふさ》ぎ、千秋に電話の主の名を告げた。

「うちの局の筒井里織《りおり》アナウンサーです」

千秋がそう言い、受話器を受け取った。

多門は煙草に火を点けた。一服し終えたとき、千秋が電話を切った。

「人気アナウンサーの筒井さんの顔は知ってますよ。そういえば、彼女が『茶髪群像の放課後』のナレーターをやってたんだな」

「ええ。彼女はアナウンサーとして人気を集めてますけど、本人はキャスターになりたがってるんです。四月から新しいニュース番組がスタートするんですよ。サブキャスターがまだ決定していないんです。それで、唐沢さんに根回しをしてもらえないかって……」

「てっきり例のストーカーだと思ったもんだから、危うく怒鳴りつけるところだったよ」

「話があちこち飛んでしまいましたけど、あなたにどんな形の口止め料を払えばいいんです？」

「口止め料なんかいらない。それから、M子の連絡先も教えてくれなくてもいいよ。ただ、唐沢氏とのことは少し真剣に考えたほうがいいな」

「それだけ？　こちらとしては何か口止め料を払っておかないと、なんとなく落ち着かないわ」

「だったら、おれに抱かれるかい？」

「さっきの話と違うじゃありませんかっ」

「冗談だよ。おれは女性を困らせるような下種《げす》じゃない。邪魔したね」

多門はソファから腰を浮かせ、玄関ホールに足を向けた。

後ろで、千秋が安堵《あんど》の息を吐いた。多門は三〇一号室を出た。階段を使って、一階まで降りる。低層マンションの駐車場に何気なく目をやると、千秋の白いBMWのそばに背の高い男がいた。

よく見ると、さきほどの男だった。男はドライバーで、車体に何か文字を刻みつけていた。多門は足音を殺しながら、男の背後に忍び寄った。BMWのボディーには、〝愛している〟と彫り込まれていた。

「やりすぎだな」

多門は男に話しかけた。

男が振り向き、ドライバーを逆手《さかて》に握り直した。

「あんたが千秋を誘惑したんだなっ」

「彼女とおれは、そんな腥《なまぐさ》い関係じゃない」

「嘘だ。あんたは、ぼくから千秋を奪った男だっ。ひどいじゃないか。ぼくらは三年も前から愛し合ってきたんだぞ」

「疲れてるんだな、心がさ。だから、そんな妄執《もうしゅう》に取り憑《つ》かれたんだろう」

多門は穏《おだ》やかに言った。

「妄執？　ぼくの頭がおかしいと言うのかっ」

「ああ、まともじゃねえな。現実と妄想がごっちゃになってる。だから、会ったこともない矢吹千秋を恋人と思い込んでしまったんだ」

「千秋とは数えきれないほど会ってる。ぼくは彼女のことなら、何でも知ってるんだ。好きな色も好きな音楽や映画もね。それから、千秋の雪のように白い体の隅々まで知ってる。黒子《ほくろ》の数はもちろん、乳房やヒップの形だってね。性感帯も知り尽くしてる」

「一度、メンタル専門のドクターに診《み》てもらったほうがいいな」

「ぼくのメンタルは正常だっ」

男がいきり立ち、ドライバーを振り翳《かざ》した。

多門は男の右腕を捩《ねじ》上げ、ドライバーを捥取《もぎと》った。ドライバーを足許に捨て、男を通りまで押し出す。

「手を、手を放せっ」

男が痛みを訴えた。

多門は男を路上に押し倒した。男が呻きながら、身を起こした。次の瞬間、オーバーコートのポケットから西洋剃刀《かみそり》を摑み出した。

「やめとけ」

多門は忠告した。

だが、無駄だった。男は素早く刃を起こした。ゾーリンゲンの製品だ。刃渡りは二十センチ近い。まだ新しかった。

「あんたが千秋を誘惑しなかったら、ぼくらはこんなふうにはならなかったんだ。謝れ、謝れよ。謝らなかったら、あんたの顔面をズタズタにしてやる」

「やれるものなら、やってみろ」

多門は挑発した。女性には優しいが、牙を剝《む》く同性には容赦《ようしゃ》しない主義だった。

「くそっ」

男が刃物を斜めに振り下ろした。

白っぽい光が閃《ひらめ》いた。刃風《はかぜ》は弱かった。威嚇《いかく》だったのだろう。

「は、は、刃物さ使うときは、相手さ殺す気にならねばなんねんだ」

多門は興奮し、舌がうまく回らなくなった。

男がゾーリンゲンを引き戻し、すぐに水平に薙《な》いだ。今度は空気が高く鳴った。

多門は一気に間合《まあ》いを詰めた。

前蹴りを放つ。筋肉の発達した長い脚が、空気を大きく縺《もつ》れさせた。三十センチの靴は男の股間を直撃した。男が短く呻き、西洋剃刀を落とした。腰を折って、凄まじい声を発した。

多門は男の襟を掴み、大腰《おおごし》を掛けた。柔道の得意技だ。路面に相手を叩きつけ、腹に鋭い蹴りを入れた。

男は体をくの字にして、長く唸った。

「もう矢吹千秋に、ち、ち、近づくんでねど！　わがったなっ」

「………」

「へ、返事さ、しろ！」

多門は吼《ほ》えて、男の腰を蹴りつけた。

男が転がりながら、ゾーリンゲンを掴みかけた。多門は踏み込んで、男の手の甲《こう》を靴の底で押さえた。

踵《かかと》を左右に抉《こじ》ると、男が西洋剃刀の柄《え》から手を放した。

多門は、男のこめかみに止《とど》めのキックを見舞った。男は散弾を喰《く》らった獣のように、のたうち回りはじめた。

この男は、また千秋にまとわりつくかもしれない。藤原殺しの犯人も早く取っ捕まえたいが、美人ディレクターのことも心配だ。しばらく千秋のボディーガード役を務めてやる気になった。

多門は西洋剃刀を掴み上げ、男の首筋に刃を寄り添わせた。

男の唸り声が熄《や》んだ。体は硬直していた。

「もう一度、言う。二度と千秋に近づくんじゃねえぞ」

「わ、わかったよ。千秋のことは諦める。その代わり、おたくが彼女を幸せにしてやってくれよな」

「千秋のことより、てめえのことを考えろ」

「え？」

「夜が明けたら、心療内科に行け！」

多門は言って、ゾーリンゲンを男の首から遠ざけた。男は四つん這《ば》いで数メートル進み、慌《あわ》てて逃げ去った。

多門は剃刀を折り畳み、道端に投げ捨てた。

第三章　歪《ゆが》められた番組

1

腹が減った。

多門はグローブボックスの蓋《ふた》を開けた。ビーフジャーキーを取り出そうとしたとき、指先に冷たい物が触れた。羅《ロー》から奪ったオーストリア製の自動拳銃だった。

多門はグロック17をセーム革で包み直し、グローブボックスの蓋を閉めた。

日東テレビの駐車場だ。

走路の向こうに、千秋の白いＢＭＷが見える。昨夜、ストーカーらしき男がドライバーで傷つけた箇所はそのままになっていた。

多門は干《ほ》し肉を齧《かじ》りはじめた。

午後七時過ぎである。ここにボルボを駐めたのは、陽《ひ》が傾きはじめたころだった。

西洋剃刀を振り回した男がテレビ局にまで現われるとは思えなかった。しかし、万が一ということもある。そんなことで、多門は大事をとる気になったわけだ。

千秋は、まだ局内で仕事をしているはずである。

ビーフジャーキーを平らげたとき、スマートフォンに着信があった。多門は、すぐにスマートフォンを口許まで掲《かか》げた。

「わたしです」

発信者は朱花《ツウホワ》だった。

「何かあったのか？」

「夕方、美寿々さんがわたしの部屋に衣類を取りに行ってくれたの。そうしたら、羅《ロー》の子分たちがわたしの部屋の前にいたらしいんです」

「結局、美寿々ちゃんはきみの部屋には入れなかったんだな？」

「ええ、そう。北京グループの男たちは、美寿々さんを怪しんでる感じだったようなの」

「美寿々ちゃんは、そこにいるのか？」

「いいえ。さっきお店に行きました。多門さん、わたし、ずっとここにはいられない」

「どうして？」

多門は問い返した。

「少し前に上海出身の知り合いに電話をしたら、北京の連中が血眼《ちまなこ》になって、わたしのことを捜してるらしいの。それから、羅《ロー》がわたしを捕まえたら、おっぱいを抉《えぐ》り取れって子分たちに命令したって噂が歌舞伎町じゅうに広まってるんですって」

「そういうことなら、下手《へた》に動かないほうがいいな。もうしばらく美寿々ちゃんの部屋にいたほうが安全だよ」

「でも、北京グループの情報網は大きいから、いつか隠れ家がわかってしまうかもしれない。そうなったら、美寿々さんも何かされると思うの」

「大丈夫だ、心配するな。ただ、もう上海出身の知り合いには電話をしないほうがいいね。北京マフィアの連中がその人を脅して、きみの居所を吐かせる気になるかもしれないからな」

「わかりました」

「後で、そっちに回るよ」

「お願いします。ひとりだと、なんだか心細くて……」

朱花《ツウホワ》が電話を切った。

多門は心が千々《ちぢ》に乱れた。美寿々のマンションで怯《おび》え戦《おのの》いている上海娘のことを考えると、すぐにも行ってやりたかった。しかし、矢吹千秋のことも心配だった。

昨夜の男が腹いせに今夜、千秋を襲う可能性もある。ちょっと目を離した隙に、惨劇は起こるかもしれない。

朱花《ツウホワ》は一応、鍵の掛かった部屋の中にいる。不用意に玄関のドアを開けなければ、危険な目には遭《あ》わないだろう。

千秋が自宅マンションに入るのを見届けたら、車を美寿々のマンションに走らせることにしよう。多門は、そう決めた。

それから間もなく、杉浦から電話がかかってきた。

「連絡が遅くなって、すまねえ」

「電話で昼間頼んだ件は、どうだった？」

「やっぱり、聖順女子学院は四年制女子大の創設を九年前に文部科学省に申請した。ところが、翌年に申請を取り下げてるんだ」

「どういうことなのか」

多門は呟いた。

「おおかた資金の調達ができなくなったんだろう」

「そうなのかもしれないな。杉さん、理事長の名はわかったの？」

「小谷武徳《こたにたけのり》、五十九歳だ。自宅は千代田区六番町《ちよだくろくばん》にある」

「その理事長は、五十九に間違いないんだね」

「ああ。クマ、何なんだ？」

「例のドキュメンタリー番組の中で、M子って女子高生はパトロンが五十九だと言ってたんだよ」

「なら、その娘《こ》の世話をしてるのは聖順女子学院の小谷理事長に間違いなさそうだな」

「M子の話が事実ならね」

「クマは、その娘が嘘をついてると思ってるようだな？」

杉浦が言った。

「そう断定できるだけの根拠はないんだよ。ただ、どうもM子がパトロンのことを無防備に喋りすぎてるような気がしてね」

「つまり、仕組まれた告白かもしれねえってことだな？」

「多分、そうなんだろう」

「〝やらせ〟だとしたら、かなり悪意に満ちてるな」

「そうだね」

「小谷を貶《おとし》めるためのインタビューみてえじゃねえか」

「録画DVDを観《み》て、おれもそういう印象を受けたよ」

「小谷理事長は遊びで一、二度、M子って小娘を抱いたんじゃねえのかな。けど、M子は約束の金を貰えなかった。で、頭にきて、矢吹ってディレクターを唆《そそのか》してM子は電波で小谷に仕返しをした。そんな推測はできねえか？」

「杉さん、M子はまだ高二だよ。そんな小娘が、そこまで考えられるかな」

多門には疑問に思えた。

「最近の娘っ子どもは大人《おとな》顔負けだぜ。大の男を手玉に取ってるのが、いくらでもいるんじゃねえか」

「杉さん、女性たちをあまり悪く言わないでくれ。おれは、どの女性も観音さまと思ってんだからさ」

「クマは女に甘いからな」

杉浦が呆れた口調で言った。

「おれは、すべての女性を崇《あが》めてんだよ」

「いつまでも甘いことを言ってやがると、クマ、そのうち性悪女《しょうわるおんな》に尻《けつ》の毛まで抜かれるぞ」

「この世に、根っからの悪女なんていない。悪いのは野郎どもさ。男が甘い言葉で女性たちを騙《だま》したりしてるから、ごく一部の者が一時的に悪の誘惑に負けてしまう。そういう女性たちだって、必ず真人間《まにんげん》になる。だから、どんな女性も愛すべき人間なんだよ」

多門は滔々《とうとう》と語った。

「わかった、わかった。クマが女を称《たた》えはじめると、際限《さいげん》なく喋りつづけるからな」

「杉さん、この世で女性ほど愛《いと》しいものはない。いつだって彼女たちは、男の荒《すさ》んだ心を和《なご》ませてくれるね」

「まあな。ところで、小谷理事長は正攻法じゃ、M子とのことを話さねえだろうな」

杉浦が話題を転じた。

「ああ、おそらくね。杉さん、小谷って奴の弱みを何か摑んでくれないか。社会的に成功した男なら、たいてい他人には知られたくねえ秘密が一つや二つはあるもんだ。そいつを押さえりゃ、理事長はM子との関わりを正直に喋る気になるだろう」

「相変わらず、悪知恵が働くな」

「小谷の弱み、摑んでくれる?」

「クマの頼みじゃ、断れねえな。しかし、こう忙しくっちゃ、おれを待ってる女たちの家を回ることは……」

「愛妻家が無理して、そんな冗談言うなって。小谷の件、頼んだよ」

多門は先に電話を切った。

ほとんど同時に、運転席のパワーウインドーのシールドがノックされた。すぐそばに、茶系のツイード地のスーツを着た矢吹千秋が立っていた。多門は窓のシールドを下げた。

「いったい、どういうつもりなんですっ」

千秋が切り口上で言った。

「美人がそういう怖い顔をしちゃいけないな」

「真面目に質問に答えてください。なぜ、ここで張り込みをしてるの？」

「張り込み⁉　そいつは誤解だよ。おれはミーハーなんだ。ここにいれば、誰か芸能人の顔を拝めると思ったから、ずっとここにいただけだよ」

多門は言い繕《つくろ》った。

「そんな言い訳は通用しないわ。あなた、唐沢さんのスキャンダル写真を撮《と》るつもりなんじゃない？　だとしたら、残念ね。彼は正午過ぎに出張で大阪に出かけたわ」

「妙な誤解をされてしまったな。おれは、そっちのことが心配だったんだ」

「わたしのことが心配だった？」

「そう。ＢＭＷのボディーに落書きがあっただろう？」

「ええ。昨夜《ゆうべ》の男の仕業《しわざ》だったの⁉」

「そう。おれが咎《とが》めたら、あの男は西洋剃刀を振り翳して挑《いど》みかかってきたんだ」

「それで、どうなったんです？」

千秋が早口で訊いた。

「あんまりしつこいんで、少し痛めつけてやったよ。しかし、奴は執念深そうだったから、また、そっちにうるさくつきまとうかもしれないと思ったんだ」

「どうして、そんなにわたしのことを心配してくれるんです？」

「さあ、どうしてかな。隣人愛なんて言うと、気障《きざ》に聞こえるだろうが、とにかく女性が困ってるとこを見ると、放っておけない気持ちになるんだ」

「見かけによらず、優しいのね」

「おれって、そんなに厳《いか》つい顔してるのかな」

多門は笑った。

「あら！　笑うと、目尻が下がって、かわいらしいのね」

「面《つら》の話は、もうやめてくれ。そんなわけだから、そっちの護衛をする気になったんだよ」

「それは、ご親切に。でも、わたしにボディーガードは必要ありません。またストーカーが現われたら、今度は毅然《きぜん》と追っ払ってやるわ」

「そんなふうに、男を甘く見ちゃいけないな。きのうの男は確かに弱そうだったが、それでも女性よりは力があるだろう。その気になりゃ、そっちを押し倒せる」

「あの男がおかしなことをするようだったら、嚙みついてやるわ。もちろん、顔に爪も立ててやります」

「いまはそう思ってても、刃物でも突きつけられたら、体が竦《すく》むもんだよ。相手を引っ搔くどころか、声も出せなくなるだろう」

「いろいろ心配してくれるのはありがたいけど、わたしは大人の女です。自分に降りかかった災難は、自分で何とかします」

「そういう過信が危ないんだよ」

「わたしのことは、どうかおかまいなく！　それより、局のほかの女性のボディーガードを引き受けてほしいわ」

千秋は何か考える顔つきになってから、真剣な口調で言った。

「そういえば、女性アナウンサーや編成局の女子社員たちもストーカーに悩まされてるって言ってたね」

「ええ。中でもアナウンサーの筒井里織が変質者らしき男につきまとわれて、とっても怯えてるんです。彼女、わたし以上に悩んでるの」

「どんなことをされてるって？」

多門は訊いた。

「男は毎朝、出勤のときに、彼女のマンションの前で必ず待ち伏せしてるらしいの。それで、まるで恋人気取りで話しかけてくるんですって」

「そうか」

「それで、そいつは電車の中でも身を擦り寄せてくるそうなの。里織は薄気味悪がって、自腹でタクシーで出社するようになったんです」

「それは大変だな」

「経済的な負担は大きいですよ。人気アナといっても、局の社員ですからね。芸能人みたいにたくさん稼いでるわけじゃないんです」

「だろうね」

「里織がタクシーで出勤するようになると、ストーカーは彼女が出したゴミ袋を漁《あさ》るようになったらしいんです。それで汚れた生理用品なんかを取り出して、部屋の前に並べたりしたそうなの」

「悪質だな」

「それから男は隣のマンションの非常階段から、暗視望遠鏡《ノクト・ビジョン》を使って里織の部屋を覗いたりしたそうなの。それだけじゃなく、里織の恥毛をくれと電話をしてきたっていうの。変態だわ、そこまでいったら」

千秋は、自分のことのように憤《いきどお》った。

「間違いなく変態だな、その男は」

「筒井里織は、わたしの妹分みたいな娘《こ》なんですよ。多門さん、わたしの代わりに彼女の用心棒になっていただけません？」

「両方の護衛をやってやろう」

「それは無理だわ。わたしたちの出社時間は違うし、帰る時刻もまちまちですもの」

「弱ったな。おれは、昨夜《ゆうべ》の野郎があんたに何かするような気がしてるんだ」

「わたしは、番組の男性スタッフにマンションまで一緒に車に乗ってもらうことにします。そうすれば、あなたも安心でしょ？」

「体《てい》よく追っ払われちまったか」

多門は自嘲した。

「そんなふうに受け取らないでほしいわ。わたしは自立した大人の女のつもりだから、むやみに男性に頼りたくないだけなの」

「わかったよ。今夜は、人気アナウンサーの番犬になろう」

「それじゃ、里織を紹介します。この時間なら、アナウンス室にいるはずですので。あなたのことは、フリーのガードマンとでも言っておくわ」

千秋が言った。

多門はパワーウインドーのシールドを閉ざし、すぐに車を降りた。

2

三杯目のギムレットが空《から》になった。

筒井里織がカクテルグラスを中年のバーテンダーに渡す。下北沢《しもきたざわ》にあるカクテルバーのカウンター席だ。

「もうそのくらいにしといたほうがいいんじゃないか」

多門は、かたわらの人気アナウンサーに言った。

「まだ平気ですよ。こう見えても、お酒には強いんです」

「しかし、ピッチが速すぎるな。そのうち、急激に酔いが回るよ」

「酔っ払《ぱら》ったら、ガリバーさんに抱いて部屋まで運んでもらいます」

「ガリバーって、おれのこと？」

「ええ、そう。多門さんって、本当に大男ですね。こっちも大きそう」

里織があっけらかんと言い、多門の股間に軽く触れた。

多門はびっくりした。画面に映る里織は、いつも取り澄ましていた。その落差に戸惑った。

「お代わり、どうなさいます？」

バーテンダーが里織に訊いた。

「ええ、ちょうだい」

「大丈夫？　今度が四杯目ですよ。明日も仕事があるんでしょ？」

「あるわよ。でも、アナウンスの仕事なんかどうってことない。誰か他人《ひと》が書いたニュース原稿や放送台本を読むだけだもの。誰にだってできるし、トチってもどうってことないわ。早くお代わりをこしらえて」

里織が急《せ》かす。バーテンダーが微苦笑し、シェーカーに氷を入れた。

多門はバーボン・ロックを傾け、煙草をパッケージから一本振り出した。

午後十時半過ぎだった。この店は、里織の自宅マンションから数百メートルしか離れていない。

多門はボルボで里織をいったん自宅に送り届けた。九時二十分ごろだった。あたりに、怪しい人影は見当たらなかった。

それで安心したのか、里織は馴染《なじ》みの店で飲みたいと言いだした。こうして多門は、里織とカウンターの止まり木に並んで腰かけることになったのだ。

「Lサイズね」

里織が耳元で囁いた。

「え？」

「あなたのシンボルのことよ。でも、大きさはあんまり関係ないの。女を悦《よろこ》ばせたかったら、テクニックを磨くことね」

「意外に、くだけてるんだな」

「わたし、二十五ですよ。アルコールが入れば、このくらいのことは言うわ」

「もっと気取った女性かと思ってたよ」

多門は言って、ロングピースに火を点けた。

「カメラの前に立つときは営業用の顔をつくってるだけ。だいたいアナウンサーの仕事なんて、くだらないわよ。わたし、キャスターになりたいんです。そうすれば、自分の意見も喋れるしね」

「でも、きみは日東テレビの顔とも言える人気アナウンサーだからな」

「わたし、そんなふうにタレント扱いされることに耐えられないの。女子アナの中にはアイドル扱いされて喜んでる娘《こ》もいるけど、一緒にされたくないんですよ」

里織が苦々しげに言って、ホワイトチョコレートをまぶしたレーズンを口の中に放り込んだ。そのとき、四杯目のギムレットが彼女の前に置かれた。

店内には、ほかに数人の客がいるだけだった。バート・バカラックのナンバーが控え目に流れている。カップル向きのバーだった。

「矢吹千秋さんとは、公私共に仲がいいようだね」

「ええ。多門さん、千秋先輩に興味持ってるみたいですね？　先輩は遣《や》り手のディレクターだけど、女性としても魅力がある」

「そうだな」

「わたしが男だったら、千秋先輩に惚《ほ》れちゃうかもしれないな。あなた、千秋先輩のことは諦《あきら》めたほうがいいわね。先輩には、もう命懸《が》けで惚れてる男性がいるから」

「唐沢淳一氏のことだな？」

「なんで、あなたがそこまで知ってるの⁉」

「ま、いいじゃないか。唐沢氏は子持ちなんだろう？」

多門は確かめた。

「ええ、中二の娘さんと小五の息子さんがいるはずです」

「妻子持ちにのめり込んだら、しまいに孤独地獄を味わわされるのに」

「千秋先輩はそれを覚悟で大恋愛してるんでしょうね」

「不倫の恋に走った女は結局、弄《もてあそ》ばれるだけだと思うがな」

「ずいぶん古臭いことを言うのね。女がいつも被害者だと考えるのは時代遅れだわ。男と女は、五分《ごぶ》と五分ですよ」

里織が言って、ショートボブの髪を軽く撫でつけた。その仕種《しぐさ》は意外にも色っぽかった。

「話は飛ぶが、矢吹さんの年齢でドキュメンタリー番組の制作を任されるのは珍しいんだろう?」

「ええ、まあ」

「プロデューサーの唐沢氏と特別な関係なんで、異例の抜擢《ばってき》ってことになったのかな」

「そういうことがまったくなかったとは言えないかもしれないけど、千秋先輩はもともと優秀だったんですよ。AD《アシスタント・ディレクター》時代から光ってたって話です」

「ふうん。きみは、毎朝タイムズ社会部にいた藤原とは面識があったのかな」

多門は煙草の火を消した。

「殺された新聞記者ね。会ったことはありませんでした、一度も」

「そう」

「千秋先輩の話によると、その藤原さんって方はドキュメンタリー番組のことで取材してたようですね？」

「そうなんだ。実は、藤原はおれの高校時代からの友人だったんだよ」

「そうだったんですか」

里織がカクテルグラスを白いしなやかな指で持ち上げた。

「きみは『茶髪群像の放課後』三部作のナレーターをやってたよな。おれ、録画ＤＶＤを観《み》たんだ」

「千秋先輩に声をかけられて、ちょっと手伝ったんです。プロの声優を使う予算がなかったみたいよ。どの局も同じだと思うけど、真面目なドキュメンタリー番組は視聴率があまりよくないの。それだから、制作費に制限があって、現場は苦労が多いんですよ。人気のある連続ドラマだと、予算をたっぷり貰えるんですけどね」

「厳しい条件である程度の視聴率を稼ごうと思ったら、インパクトのある題材を選ばなきゃならないんだろうな」

多門は誘い水を撒《ま》いた。

「それはそうですよ。新聞や週刊誌のネタを後追いしてたんじゃ、誰も番組は観てくれません。だから、いつも番組スタッフはネタ探しに苦労してるみたいよ。時代状況の分析をして、絶えず新しい動きに目を配ってるんです」

「それでも、そうそう面白い題材が転がってるわけじゃないと思うがな。そんなときでも、番組は制作しなきゃならない」

「そうですね」

「苦し紛れに時には過剰な演出というか、〝やらせ〟というか、そういうこともやってるんだろうな」

「千秋先輩は、絶対にそんなことはしてません！」

里織が憤然と言った。

「そうかな。例の三部作のＰＡＲＴⅢに登場するＪＫクラブでバイトをしてるという女子高生とＭ子の話なんか、ちょっと嘘っぽい感じがした」

「あなたは、千秋先輩が〝やらせ〟をやったと疑ってるの？」

「そこまで言うつもりはないが、何となく釈然としないんだ。特に、Ｍ子の話に引っかかるね。Ｍ子はパトロンの理事長のことを平気で喋ってる。月に百五十万円の援助を受けてることが事実だとしても、パトロンのことを無防備に喋りすぎてるとは思わないかい？」

「わたしは、別にそうは感じませんでした」

「意外な返事だな。みんな、おれと同じように感じてると思ってたよ。Ｍ子は、まるで視聴者にパトロンがどこの誰だってことを教えたがってるように見受けられた」

「それは考えすぎですよ。そんなことをしても、何もメリットがないでしょ？」

「Ｍ子はパトロンに何か恨みがあって、ああいう形で仕返しをしたのかもしれないな。あるいは誰かがＭ子を利用して、パトロンを故意に貶《おとし》めたとも考えられる。後者だったとしたら、Ｍ子は作り話を喋ったんだろうな」

多門はバーボンを呷《あお》った。銘柄はＩ・Ｗ・ハーパーだった。

「千秋先輩はちゃんと事実関係の裏付けを取ってから、Ｍ子にビデオカメラを向けたと言ってました」

「その話が嘘とは考えられないか？」

「千秋先輩に限って、〝やらせ〟なんかするわけありません。一度でも〝やらせ〟をやったら、それまでの実績がパアになっちゃうんですよ。先輩は、そんな愚《おろ》かな女性じゃないわ」

「きみはM子と会ったことないんだろう?」

「ええ、会ってないわ。わたしはナレーションをやっただけだから」

「M子のパトロンについて、矢吹千秋さんから何か聞いてない?」

「ううん、別に何も聞いてないわ」

「M子の話の内容から察すると、聖順女子学院の理事長がパトロンのようなんだがね」

「なんで、そこまでわかるわけ⁉」

里織が声を裏返らせた。

「M子は番組の中で、パトロンが四年制の女子大を創設する気でいたことを喋ってた。それで、お嬢さま学校の聖順女子学院の小谷武徳理事長だろうって見当をつけたのさ」

「名前まで調べ上げたのね。あなた、千秋先輩が何か後ろめたいことをしてると考えてるようね?」

「そこまでは思っちゃいないよ」

「なんだか急にお酒がまずくなってきたわ。わたし、もう帰ります。悪いけど、マンションの前までエスコートして」

「いいとも」

多門は先にスツールから巨身を浮かせ、バーテンダーにチェックを頼んだ。すると、里織が言った。

「ここはツケで飲んでるの」

「おれは女性に奢《おご》られるのが好きじゃないんだ」

「いまどきマッチョマン精神は流行《はや》らないと思うけどな」

「金があり余ってるんだよ。おれに払わせてくれ」

多門はジョークを口にし、半《なか》ば強引に勘定を済ませた。

里織がヤンキー娘のように大仰《おおぎょう》に肩を竦《すく》め、ベージュのタートルネック・セーターの上に黒のダウンコートを羽織った。下はモスグリーンのスラックスだった。

二人は店を出た。

すぐに里織が全身を強張らせた。多門は、里織の視線をなぞった。十数メートル先の暗がりに、二十六、七歳のサラリーマン風の男がたたずんでいた。

スーツもコートも黒っぽかった。ボストン型の眼鏡《めがね》をかけている。中肉中背だ。どことなく暗い感じだった。

「いつもまとわりついてる男だな？」

多門は小声で確かめた。

「ええ」

「ここで別れる振りをしよう。きみはひとりで自宅マンションに向かってくれないか。こっちは駅の方に歩いて、すぐに引き返してくる」

「怖いわ、わたし」

「大丈夫だ。何かあったら、すぐに救《たす》けてやる」

「わかったわ」

里織が不自然な笑顔をつくって、右手を小さく振った。

「また近いうちに飲もうや」

多門はわざと大声で言って、駅の方向に大股で歩きはじめた。四、五十メートル進み、来た道を引き返す。

案《あん》の定《じょう》、ストーカーと思われる男は里織の後を尾《つ》けている。

多門は足音を殺しながら、怪しい男を追った。少し経つと、男が里織に声をかけた。

「なぜ、ぼくから逃げようとするんだ？　きみは、ぼくを愛してるはずなのに」

「わたしにつきまとわないでちょうだい！」

里織が言い放ち、勢いよく走りだした。

眼鏡をかけた男が里織を追った。多門も駆けはじめた。充分に助走をつけてから、高く跳《と》んだ。男の背を三十センチの靴で蹴る。袈裟《けさ》蹴りだった。男が声をあげ、前に大きくのめった。そのまま頭から転がり、横に倒れた。

里織は、数十メートル向こうに立っていた。

多門は男に近寄った。男が落ちた眼鏡を拾い上げ、のろのろと立ち上がった。多門は男の肩口をむんずと摑《つか》み、足払いを掛けた。

ふたたび男は路上に倒れた。弾みで、眼鏡が手から落ちる。

多門は眼鏡を踏み潰《つぶ》した。レンズは粉々に割れた。

「な、なんてことをするんだっ。なぜなんだよ」

男が詰《なじ》った。

「そっちがしつこく筒井里織を追いかけ回してるからだ」

「ぼくは里織を死ぬほど愛してるんだ。だから、彼女のすべてを知っておきたいんだよ」

「向こうは、そっちのことなんか知らないって言ってる」

「そんなはずはない。来週、里織のご両親に会わせてもらえることになってるんだ。エンゲージリングも、もう注文してある」

「一人相撲《ずもう》だな。人気アナに憧《あこが》れてるうちはいいが、そこまでいったら、普通じゃないぞ」

多門は言った。

「里織と話をさせてくれないか。きっと彼女は何か理由があって、本当のことを言えないにちがいない」

「いい加減にしろ。そっちは、妄想と現実の区別がつかなくなってるんだ」

「ぼくは、まともだよ。どこもおかしくなんかないっ」

「そう思うのは自由だ。しかし、そっちにつきまとわれてる筒井里織は迷惑してるんだっ。今後も里織につきまとうようだったら、そっちの腕をへし折るぞ」

「なぜ、ぼくがそんな目に遭《あ》わされなきゃならないんだっ」

「四の、五の言ってると、お巡りに引き渡す。それでも、いいのか！」

「け、警察は呼ばないでくれ。ぼく、お巡りが嫌いなんだ。あいつらは、すぐに他人を疑ってかかるからな」

男がそう言いながら、立ち上がった。

「おれが本気で怒りだす前に消えろ」

「でも、ぼくは里織と話したいことがあるんだよ」

「まだ、そんなことを言ってやがるのか」

多門は男の襟首《えりくび》を摑み、背負い投げをかけた。技《わざ》は、きれいに極《き》まった。

男は腰を強《したた》かに打ち、長く呻いた。

多門は足を飛ばそうとした。すると、男が叫ぶように言った。

「蹴らないでくれ。乱暴はやめてくれよ」

「目障《ざわ》りだ。早く失《う》せやがれっ」

多門は声を張った。男が、すごすごと逃げていく。

里織が走り寄ってきた。

「ありがとう。あいつ、もうわたしに近づかないかしら？」

「少し痛い思いをしたから、奴も懲《こ》りたと思うよ。それでも姿を見せるようだったら、今度は半殺しにしてやる」

「そこまでやったら、後で問題になっちゃうでしょ？」

「そうだろうな。今夜は、ぐっすり眠るといいよ。行こう」

多門は里織を促《うなが》した。

二人は夜道を黙って歩いた。少し経つと、里織の住んでいる賃貸マンションが見えてきた。八階建てだった。

多門は里織と一緒にエレベーターに乗り込んだ。

里織の部屋は六〇六号室だった。六階のエレベーターホールに降りると、里織が小声で告げた。

「わたしの部屋の前に、見かけない男がいるわ」

「えっ!?」

多門は視線を延ばした。

確かに六〇六号室の前に、二十五、六歳に見える男が立っていた。さきほどの男とは別人だ。男は人の気配を感じ取ったらしく、非常扉のある方に歩いていった。

「きみは部屋に入ったら、すぐにドア・チェーンを掛けろ」

「あなたはどうするの?」

「逃げた奴の正体を突き止める。別のストーカーとも考えられるからな」

「気をつけてね。今夜はありがとう」

「お寝《やす》み!」

多門は里織から離れた。

気になる若い男は非常扉の前にたたずんでいた。後ろ向きだ。多門は足を速めた。後ろで、里織が自分の部屋に入る気配がした。

そのとき、若い男が体ごと振り返った。意外なことに、見覚えのある顔だった。藤原の告別式で見かけた記憶がある。しかし、どこの誰かはわからなかった。

「あなたとは、どこかでお目にかかってますよね？」

若い男が先に口を開いた。

「藤原の葬儀で顔を合わせてると思うが……」

「やっぱり、そうでしたか。わたし、毎朝タイムズ社会部の亀貝朋和《かめがいともかず》といいます」

「藤原の後輩記者だったのか。おれは、てっきり筒井里織にまとわりついてるストーカーだと……」

「ストーカーなんかじゃありませんよ。筒井さんにちょっと話をうかがいたいと思って訪ねてきたんですが、留守だったんで、部屋の前で待ってたんです。そうしたら、筒井さんが男連れで帰宅したので、今夜は取材を遠慮したほうがいいと判断したわけですよ」

「それで、こっちに来たのか？」

「ええ、そうなんです。あなたは藤原先輩のご友人だそうですね？　告別式のとき、うちの古賀デスクがそう言ってました」

「多門っていうんだ。よろしくな」

「こちらこそ、よろしく。なぜ、多門さんが筒井さんと一緒だったんです？」

「おれも、きみが里織のところに何の取材で来たのか知りたいな。ここで立ち話もなんだから、近くの飲み屋に入ろうや」

多門は誘った。亀貝がうなずいた。

3

乾杯をする。

炉端《ろばた》焼きの店だった。あまり広くはない。多門は隅の席で、亀貝と向かい合っていた。

「藤原先輩に新聞記者のイロハを教えてもらったんですよ。といっても、まだまだ駆け出しですけどね」

「筒井里織から、何を取材するつもりだったのかな？」

「多門さんは日東テレビが放映した『茶髪群像の放課後』というドキュメンタリー番組をご存じですか、三部作なんですが」

「三部作とも録画ＤＶＤで観たよ」

「それなら、話が早い。その三部作のＰＡＲＴⅢの一部が〝やらせ〟だという情報を入手したんですよ」

「その情報は誰から？」

「知り合いのフリージャーナリストから教えてもらったんです。その男は若者の風俗ルポを多く手がけてるんですが、渋谷センター街でテレビの〝やらせ〟に協力して、三十万円を貰った女子高生がいるって噂を小耳に挟んだらしいんですよ」

亀貝が答えた。

「噂か」

「ええ、まあ。しかし、ちょっと取材したら、テレビ出演した少女が日東テレビの社名入りの封筒から万札を出すとこを見たって子たちが何人かいたんですよ」

「その子は、番組の中ではM子という仮名で紹介された娘《こ》なんじゃないか」

「ええ、そうです。渋谷の『G』ってクラブに入り浸《びた》ってる通称マキって女子高生らしいんですよ」

「女の子がクラブに入り浸ってるって?」

多門は驚いた。

「あっ、説明不足でした。クラブといっても、ホステスのいる酒場じゃありません。DJのいるダンスクラブですよ。ほら、ディスコの小型版のような……」

「そのクラブなら、知ってるよ。もちろん、入ったことはないが」

「でしょうね。昨夜《ゆうべ》、その店に行ってみたんです。閉店の午前五時まで粘ってみたんですが、マキはとうとう現われませんでした。店の常連客たちはたいていマキのことは知ってたんですが、本名とか自宅の住所、それから学校なんかは知らないんですよ。渋谷で遊んでる女子高生たちは、意外にドライなつき合いをしてるようなんです。通称やスマホの番号を教え合っても、お互いに私生活には踏み込まないんでしょうね」

亀貝が言って、ビールで喉を潤《うるお》した。

「マキの件はわかったが、筒井里織に会う気になった理由は？」

「クラブにいた女の子の話だと、マキは筒井里織から三十万円の謝礼を貰ったと言ってたらしいんです。それで、噂の真偽を筒井里織に直《じか》に訊いてみる気になったわけですよ」

「そういうことだったのか」

「マキの話は事実かもしれません。というのは、藤原先輩が殺される前日に『茶髪群像の放課後』の一部に〝やらせ〟のシーンがあるかもしれないと洩らしたんですよ」

「本当かい？」

多門は、自分の推測が裏付けられた気がした。たいした苦労をしたわけではなかったが、やはり嬉しかった。

「ええ。だから、藤原先輩が殺されたとき、わたしは故人が〝やらせ〟の事実を掴んだんじゃないかと思いました。で、藤原先輩が自分のロッカーに仕舞ってあった各局のドキュメンタリー番組の録画ＤＶＤをこっそり自宅に持ち帰ったんですよ」

亀貝が声をひそめた。

「きみだったのか。録画ＤＶＤがロッカーからそっくり消えたことは、デスクの古賀さんから聞いてたんだ」

「そうでしたか」

「なんで、そのことを職場の同僚や上司には黙ってた？」

多門は問いかけ、合鴨《あいがも》の照り焼きに箸をつけた。川海老《かわえび》の揚げ物と田楽《でんがく》は、まだ運ばれてきていない。

「こんなことを言うと笑われるかもしれませんけど、わたし、藤原先輩の弔《とむら》い合戦をひとりでやるつもりでした。だから、警察に先を越されたくなかったんですよ」

「実は、おれもそのつもりだったんだ。最初は北京マフィアの仕業《しわざ》だと思ってたんだがな」

「わたしも同じです。凶器が青龍刀だったので、藤原先輩は中国人同士の抗争を目撃したために消されたのではないかと考えたんです。しかし、中国人マフィアの犯行なら、青龍刀は使わないんじゃないかと思いはじめたんです。犯罪者の心理としてね。そして、藤原さんがテレビの〝やらせ〟のことをぼそっと話したことを思い出したんですよ。そのすぐ後、さっき話したフリージャーナリストからマキのことを聞かされたんです」

亀貝が言葉を切って、上体をやや反《そ》らす。店の者が川海老と味噌《みそ》田楽を運んできたからだ。

会話が中断した。

多門は煙草に火を点けた。亀貝が言ったように、北京マフィアの犯行にしては不自然なことが多すぎる。裏付けも乏《とぼ》しい。やはり、藤原は〝やらせ〟絡みで葬《ほうむ》られてしまったのだろう。店の者が下がると、亀貝が口を開いた。

「あなたは、どうして筒井里織とご一緒だったんです？」

「日東テレビの矢吹千秋ディレクターに美人アナの用心棒をしてやってくれって頼まれたんだよ。犯人捜しに専念したかったんだが、女性が困ってると放っておけない性格でね」

多門は経緯《いきさつ》を手短に話した。

「そうだったんですか。そういうストーカーが増えたようですね。ところで、マキが筒井里織から三十万円の謝礼を貰ったという話をどう思われます？　筒井里織はアナウンサーです。その彼女がマキに謝礼を渡したという話は、なんか変じゃありませんか」

「おそらく里織は、誰かの代理を務めたんだろう」

「代理というと、プロデューサーかディレクターってことですね？」

「ああ、多分ね。筒井里織は『茶髪群像の放課後』のナレーターを務めてるが、番組スタッフを仕切ってるわけじゃない。マキという子が〝やらせ〟に協力したんだとすれば、謝礼はプロデューサーの唐沢か矢吹千秋ディレクターが用意したにちがいない」

「でしょうね。〝やらせ〟があったとすれば、プロデューサーとディレクターが共謀したんじゃないかな」

亀貝が言って、川海老の唐揚《からあ》げを抓《つま》んだ。

「そうなんだろう。筒井里織を揺さぶってみるか」

「多門さん、それはちょっとまずいでしょう？　実際に〝やらせ〟があったとして、それを我々が調べてるとわかったら、日東テレビ側はプロの犯罪者を使って、マキを痛めつけるかもしれませんので」

「考えられないことじゃないな」

「ええ。わたしも筒井里織に直《じか》に噂の真偽を確かめることはやめます。第一、〝やらせ〟があったとしても、それを素直に認めないでしょうからね」

「そうだな。きみはM子のパトロンを誰だと見当をつけた？」

多門は問いかけた。

「聖順女子学院の小谷武徳理事長と見当をつけたんですよ。多門さん、あなたは？」

「同じだよ。それで、きみは小谷という理事長にアプローチしてみたのか？」

「実は昼間、小谷を尾行してみたんですよ。しかし、女子高生と接触はしませんでした」

「そう」

「よっぽど直接、小谷理事長に例のドキュメンタリー番組のことを話して、M子、いいえ、マキという女の子を知ってるかと訊こうかと思いました。でも、下手をしたら、名誉毀損《きそん》で訴えられちゃいますんでね。それで、声はかけなかったんです」

「小谷の話を聞く前に、まずマキと接触しないとな。これから、『G』とかいうクラブに案内してくれないか」

「いいですよ。それじゃ、行きましょう」

亀貝が立ち上がって、レジに向かった。

多門は自分が勘定を払うつもりでいたが、亀貝は素早く支払いを済ませてしまった。

「いくらだった？　こっちが誘ったんだから、勘定を払わせてくれ」

「いいんですよ。取材経費で落とせるんですから。さ、行きましょう」

亀貝がそう言い、さっさと外に出た。

多門は少しばつが悪かったが、奢《おご》られることにした。亀貝は社の車を待たせているわけではなかった。

多門は亀貝をボルボの助手席に坐らせ、渋谷に向かった。

二十分そこそこで、渋谷に着いた。道玄坂《どうげん》下に達したとき、亀貝が口を開いた。

「店はスペイン坂の途中の雑居ビルの地下一階にあるんですよ」

「スペイン坂？　そんな通りがあったっけな」

「井《い》の頭《かしら》通りから、公園通り裏の渋谷パルコヒューリックビルに抜ける坂道のことです。一部が階段状の狭い坂になってて、ちょっとスペインの街並を想《おも》わせるんですよ」

「ふうん」

「坂の両側には、若い世代向けのティールーム、レストラン、ブティックなんかがびっしり並んでるんです。二十六のわたしでも、ちょっと気恥ずかしくて昼間は歩けませんね」

「そんな細い抜け道じゃ、車は入れられないな？」

「ええ。車は井の頭通りに駐《と》めましょう」

「オーケー」

多門は渋谷駅前から、渋谷西武店のA館とB館の間を抜けた。井の頭通りだ。

高木ビルディングの少し先でボルボを左に寄せる。

二人は、そこから歩いてスペイン坂に向かった。その抜け道は狭かった。道幅は四メートルもなさそうだ。細い舗道に沿って、若者向けの店が連《つら》なっている。

クラブ『G』は、スペイン坂の中ほどにあった。

軒灯は小さかった。うっかりすると、見過ごしそうだった。亀貝が先に地階に通じる階段を降りた。多門は後につづいた。黒いドアを開けると、ハウス調のダンス音楽が耳を撲《う》った。

店内は思いのほか狭い。

三十畳はないだろう。黒人のDJが長い両腕を器用に動かし、レコードやサンプリングマシーンを操《あやつ》っている。

フロアは十代後半の男女でひしめき合っていた。酒とマリファナの匂いが充満している。客たちは巨体の多門に一瞬、驚いたが、すぐに自分たちの世界に戻っていった。

「奥の連中に、マキがいるかどうか訊いてきます」

亀貝が、踊っている若者の間を縫《ぬ》っていく。出入口のそばに、黒い丸テーブルが幾つかあった。

実業之日本社文庫

https://www.j-n.co.jp/

白っぽいニット帽を被《かぶ》った茶髪の少年が椅子に深く凭《もた》れて、踊る少女たちのヒップに露骨な視線を当てていた。

「おい、マキを見なかったか？」

多門は少年に声をかけた。

「なんだって？」

「マキは？」

「きょうは来てねえな」

「マキの家《ヤサ》を知ってる子はいないか？」

「誰も知らないんじゃねえの。ここには息抜きに来てんだよ、どいつもさ。だから、プライベートなことは詮索し合わないんだ」

「ふうん」

「おじさん、誰？」

少年が訊いた。

「マキにちょっと用があるんだ。警官《マッポ》じゃねえから、安心しな」

「大人がいると、シラけんだよな。用が済んだら、帰ってほしいね」

「長居したくなるような店じゃないよ」

多門は毒づいて、黒い壁に背を預けた。

数分後、亀貝が戻ってきた。

「来てないようですね」

「そうか」

「どうします？」

「おれは、店の前で待つことにする。もしマキがここに現われたら、すぐに教えてくれないか」

「わかりました。それじゃ、わたしは少し店の中にいます」

「そうしてくれ」

多門は店を出て、スペイン坂の暗がりに立った。

紫煙をくゆらせながら、『G』に降りていく少女たちをぼんやりと眺める。三十分ぐらいの間に、女子高生らしい少女たちが十数人は店に入っていった。

しかし、亀貝はクラブから出てこない。さきほどの少女たちの中に、マキは混じっていなかったのだろう。

小《こ》一時間が流れたころ、井の頭通りの方から十七、八歳の少女がやってきた。

格子柄のワークシャツを重ね着し、白いダウンパーカを羽織っていた。下は、黒革のミニスカートだった。

「そんなに短いスカートじゃ、冷え性になっちまうぞ」

多門は退屈しのぎに、少女をからかった。

「うわーっ、でっかい！　おじさん、レスラー？」

「オカマだよ」

「面白い！　こんなとこで何してんの？」

「マキって女の子を探してんだよ。知らないか、その娘《こ》を？」

「おじさん、どういう人なの？」

少女が問いかけてきた。顔には、警戒の色が差していた。

「フリージャーナリストなんだ。マキにちょっと訊きたいことがあってな」

「あたしよ、マキは」

「本当に？　マキだって証明できるものを何か持ってるか」

多門は訊いた。

少女は少し迷ってから、ダウンパーカのポケットから赤い定期入れを取り出した。氏名と年齢が記《しる》されている。広瀬真紀《ひろせまき》、十七歳とある。東急目黒線の定期で、区間は目黒⇔田園調布《でんえんちょうふ》になっていた。

「学校は？」

「田園テニス倶楽部の近くにある四葉《よつば》学園高等部の二年よ」

「お嬢さま学校で、大変な進学校じゃねえか」

「世間では、そういうことになってるわね」

「信じられないな、ちょっと」

多門は唸った。

すると、少女は悪戯《いたずら》っぽい目をして、定期入れの中から身分証明書を抓《つま》み出した。

紛《まぎ》れもなく四葉学園高等部の生徒だった。貼付された顔写真も本人のものだ。

「驚いたな」

「これで信じる気になった？」

「ああ、信じるよ。家は目黒にあるのか？」

「うん、目黒駅の近くよ。といっても、番地は品川区上大崎《かみおおさき》二丁目だけどね」

「邸宅街だな」

「あたしにどんな用があるの？」

「きみは、日東テレビの『茶髪群像の放課後ＰＡＲＴⅢ』にＭ子って仮名で出演したろう？」

「それがどうかした？」

「番組の中で、きみは某有名女子中高校の理事長の援助を受けてるって喋ってたが、その話は事実なのか？　番組スタッフに頼まれて、適当なことを言ったんじゃないのかい？」

「あのインタビューが〝やらせ〟かどうかってことを知りたいのね？」

真紀が問い返してきた。

「そうだ」

「一緒にファッションホテルに行ってくれたら、そのへんのことを話してやってもいいわ」

「冗談だよな？」

「一晩だけ援助交際してほしいのよ。ちょっとお金が欲しいの。キスとフェラなしで、十万でどう？」

「こう見えても、おれは女性にゃ不自由してねえんだ。妙なホテルに行かなくたって、事実を喋ってくれりゃ、ちゃんと十万円やるよ」

「ほんとに⁉」

「ああ。五万を前渡ししてやろう」

多門は懐《ふところ》から札束を取り出した。五万円を引き抜き、真紀に渡す。

「おじさん、気前がいいね。フリージャーナリストって、そんなに儲かるの？」

「そんなに割のいい仕事じゃないが、いいネタを摑みたいんだよ」

「そういうことか」

「さあ、話してくれ」

「こんな所じゃ寒いよ。一応、ラブホに行こう？　二人っきりになれる場所のほうが話しやすいからさ」

真紀が言うなり、早足で歩きはじめた。歩きながら、スマートフォンを懐から取り出した。アイコンをタップしたが、彼女は何も喋らなかった。電話をかけた相手が留守だったのだろうか。

多門は亀貝に真紀が見つかったことを伝えたかったが、『G』に行く時間はなかった。真紀を追う。スペイン坂を登り切ると、真紀は渋谷パルコヒューリックビルの間の道に足を踏み入れた。人っ子ひとりいない。

「こんな方にラブホテルがあったっけ？」

「一軒できたのよ、最近ね」

「ふうん。渋谷もすっかり変わったな」

多門は進みながら、煙草に火を点けた。

そのとき、前方のオルガン坂から七人の半グレっぽい若者たちがやってきた。いずれも十八、九歳だ。鉄パイプや棒切れを握っている者もいた。若いカップルを見つけては、恐喝をしている連中だろう。

「おれのそばにいたほうがいい」

多門は真紀に言った。

「どうして？」

「前から来る坊やどもが、おれに絡んでくるだろう」

「カモは、あなたなのよ。オヤジ狩りにご招待するわ」

「さっきスマートフォンを使ったのは、坊主たちに連絡したんだな」

「そうよ。あたしのこと、もう嗅《か》ぎ回らないほうがいいわね」

真紀が早口で言い、急に走りだした。彼女が無防備に自分の身分証明書を見せたのは、オヤジ狩りで口封じができると考えたからだろう。

多門は真紀を追おうとした。と、少年たちが一斉に駆けてきた。七人だった。

一様に殺気立っていた。全員、だぶだぶのズボンを穿《は》いている。多門は、喫いさしの煙草を爪で弾き飛ばした。

「いい年齢《とし》こいて、鼻の下を長くしてんじゃねえよ」

リーダー格の少年が喚《わめ》いて、鉄パイプで撲《なぐ》りかかってきた。

多門は身を躱《かわ》し、相手の腰を蹴った。鉄パイプを持った少年が路上に倒れた。多門は踏み込んで、少年の顔面にキックを浴びせた。

少年が体を丸め、激しくむせた。むせた拍子に、血塗《まみ》れの前歯を吐き出した。

「危《ヤベ》え！」

「おい、逃《フ》けよう」

仲間の六人が言い交わし、一斉にオルガン坂の方に逃げていった。すでに真紀の姿は掻き消えていた。

「真紀はどこにいる？　居場所を言いな」

「し、知らねえよ」

「体に訊くぞ」

多門は少年を蹴りまくった。少年は呻くだけで、真紀の居所を吐こうとしなかった。

「いい根性してるな。気に入ったよ」

多門は少年の頭に止《とど》めの蹴りを入れた。少年は白目を見せながら、間もなく悶絶した。

4

固定電話が鳴った。

多門はスクランブルエッグをこしらえている最中だった。代官山の自宅マンションである。真紀にまんまと金を騙《だま》し取られた次の日だ。午前十一時近かった。

きのうの晩、多門は『G』に引き返して、亀貝に真紀を取り逃がしたことを話した。そのあと彼は、美寿々のマンションに車を走らせた。北京マフィアの追っ手の影に怯えている朱花《ツウホワ》を力づけて自分の塒《ねぐら》に戻ったのは明け方だった。

服を着たままでベッドに潜《もぐ》り込み、さきほど目を覚ましたのだ。

多門は気が向くと、自分で料理をする。わずか半年あまりだったが、二十代のころに板前の見習いをしている。包丁捌《さば》きは鮮やかだ。針仕事も器用にこなす。

煎《い》り卵は中断すると、味が落ちる。

多門はナイトテーブルの上の固定電話に目をやって、ガスの火を止めた。

呼び出し音は鳴り熄《や》まない。多門は特別注文の巨大なベッドに浅く腰かけ、受話器を耳に当てた。

「毎朝タイムズの亀貝です」

「昨夜《ゆうべ》はご苦労さん！　広瀬真紀には、してやられてしまった。面目ない」

「その真紀なんですが、殺されました」

亀貝が興奮気味に告げた。

「なんだって⁉　何かの間違いじゃないのか？」

「いいえ。広瀬真紀が死んだことは間違いありません。今朝六時半ごろ、渋谷の宮益坂《みやます》上の歩道橋の階段下に倒れてたのを通行人に発見されたんですよ。首の骨が折れていました。誰かに階段の上から突き落とされたんでしょう」

「死亡推定時刻は？」

「まだ司法解剖が終わっていないんですよ。警視庁鑑識課検視官室の室員は昨夜十一時半から午前一時ぐらいの間ではないかと言っていました」

「おれから五万円をぶったくって間もなく、真紀は消されたようだな。まだ十七だっていうのに、かわいそうに」

多門は胸を締めつけられた。

「真紀が口を封じられたってことは、〝やらせ〟があったということなんではありませんか？」

「その可能性もあるが、別のことで彼女は誰かに恨まれてたということもあり得《う》るな」

「いいえ、それはないと思います。実はわたし、いま田園調布の四葉学園の近くにいるんですよ。真紀の中等部と高等部のクラス担任に会ってきたんですが、彼女は誰からも好かれる性格だったらしいんです。現在の級友たちにも何人か会ってみたんですが、真紀のことを悪く言う者はひとりもいませんでした。しかし、高二になってから、生活が乱れるようになったことは誰もが認めてます」

「なぜ、真紀はグレはじめたんだろう？」

「父親と衝突したことが原因のようです。真紀は開業医の長女でした。中三の妹がいるのですが、父親は真紀に医者になることを強く望んでたようなんです」

亀貝が言った。

「しかし、真紀自身は医者になんかなりたくなかった？」

「その通りです。真紀は画才に恵まれていたらしく、美術系の大学に進学する気だったようです。ですが、父親はそれに強く反対し、医学部に入らなきゃ、学費は一切出さないと言ったようなんですよ」

「で、真紀は家にいることが苦痛になって、夜遊びをするようになったわけか」

「そうみたいですね。ただ、彼女は自棄《やけ》になって遊び呆《ほう》けてるだけじゃなく、自分で大学の入学金や授業料を工面《くめん》しようとしてたみたいなんです。クラスの友人のひとりが、真紀から彼女名義の預金通帳を見せられたことがあるらしいんですよ」

「預金額は？」

「八十数万円だったそうです。真紀は、その友人には小遣いやお年玉を少しずつ溜めたと言ったらしいんですが、ちょっと額が多すぎるでしょ？」

「そうだな。真紀は〝パパ活〟をしてたんだろうか」

多門は受話器を握り直し、脚《あし》を組んだ。

「その可能性は、あると思います。というのは、クラスメイトのひとりが、真紀は出会い系アプリをよく利用してたと証言したんですよ」

「彼女は売春めいたことをしてたのか？」

「ええ、おそらくね。例の理事長の世話になってたとしたら、そう頻繁《ひんぱん》に出会い系アプリを利用することはないと思うんですよ」

「そうだろうな。日東テレビのドキュメンタリー番組のスタッフの誰かが真紀のメールを見て、彼女に接触したのかもしれない」

「多門さん、きっとそうですよ。しかし、真紀のやってることをありのまま放送してもインパクトがない。それで、番組スタッフは真紀に某有名女子中高校の理事長に月百五十万円で囲われているってことにしてくれと頼み込んだんじゃないのかな」

「真紀は三十万円の謝礼に目が眩《くら》んで、それを引き受けたってわけか」

「ええ。そのことに藤原先輩が気づいたので、日東テレビは北京マフィアの犯行に見せかけて先輩を始末させた。そして、わたしや多門さんが藤原先輩の事件のことを調べはじめたんで、広瀬真紀の口も封じた。そう推測すれば、話の辻褄《つじつま》は合うでしょ？」

亀貝が言った。〝やらせ〟が発覚したら、日東テレビは世間やマスコミに叩かれることになる。番組のスポンサーたちも離れかねない。それを防ぐには、〝やらせ〟に気づいた者や口外しそうな者を抹殺する必要がある。

「確かにな。しかし、物的な証拠は何もないんだよな？」

「そうなんですよ」

亀貝の声が沈んだ。

「真紀には彼氏がいなかったんだろうか」

「特に親しくしてるボーイフレンドはいなかったみたいですよ。渋谷で知り合った男友達は、何人もいたようですけどね」

「真紀の妹は、四葉学園の中等部に通ってるのかい？」

「いいえ、妹の直美《なおみ》は恵愛《けいあい》女学院中等部の三年生です。ミッション系の名門中学ですよね」

「二人だけの姉妹なら、真紀は妹にいろんなことを打ち明けてるとも考えられるな」

「そうですね」

「直美から何か探り出せるかもしれないな」

多門は言った。

「いまは姉さんが急死したことで取り乱しているでしょうから、今夜か明日にでも直美に会ってみましょう」

「よろしく頼むな」

「ええ、また連絡します」

亀貝の声が途絶えた。

多門は受話器をフックに返し、ダイニングキッチンに戻った。しかし、真紀の死を知ったからか、食欲は失せていた。コンパクトなダイニングテーブルにつき、ブラックコーヒーだけを飲む。昨夜の真紀の残像が脳裏にこびりついて離れない。

多門は遣《や》り場のない怒りに身を震わせた。

コーヒーを飲み終えたとき、彼は知り合いに朱花《ツウホワ》の働き口を探してもらう気になった。

椅子から立ち上がって、電話機に歩み寄る。

電話をかけたのは、渋谷の百軒店《ひゃっけんだな》にある馴染みの酒場『紫乃《しの》』のママの自宅だ。ママの名前は留美《るみ》と若々しいが、もう六十路《むそじ》だ。

三十代の後半までは、新劇の女優だったという話だ。面立《おもだ》ちが、どことなく有名なシャンソン歌手だったジュリエット・グレコに似ている。それを意識しているのか、亡くなったグレコと同じようにいつも黒い服しか着ない。

電話が繋がった。多門は名乗った。と、留美がのっけに冗談を言った。

「生きてたのね、クマちゃん」

「ご挨拶《あいさつ》だな」

「すっかりお見限りじゃないの」

「なんだかんだと忙しくってさ。もう一カ月近くご無沙汰してるよな」

「一カ月以上よ」

「そんなになるのか。元気だった？」

多門は訊いた。

「この年齢《とし》で元気すぎても困るでしょうが。神経痛に悩まされてるわよ」

「そいつはいけねえな。こないだの漢方薬、効《き》かなかった？」

「最初は効き目があったんだけど、だんだん薬効が薄れてきた感じね」

留美が言った。

「それじゃ、今度は別の薬を持ってってやろう」

「漢方薬はどうでもいいから、たまには顔を見せてよ。あんたのことは、自分の息子みたいに思ってるんだからさ」

「おれも、ママのことはおふくろのように想《おも》ってる。横顔が死んだおふくろにちょっと似てるんだよ」

「岩手にも、グレコがいたんだ？」

「そういうことになるのか。それはそうと、ちょっと頼みがあるんだ。ママんとこでホステスを雇う気はない？　上海娘なんだけど、なかなかの美人だよ。日本語も上手なんだ」

「あんた、また悪い女に引っかかったんじゃないの？」

「いい娘《こ》なんだよ、とってもさ。朱花《ツウホワ》って名で、二十三歳だったかな。その娘を雇ったら、商売繁盛間違いなしだろう」

多門は売り込んだ。

「うちの店に美女は二人もいらないわよ、あんなに狭いとこだもん」

「元美女はカウンターの端で煙草を吹かしてりゃいいんだよ。そうすりゃ、現美女が店の売上を伸ばしてくれるって」

「悪いけど、この店は女の子を雇えるほど流行《はや》ってないのよ」

「そうか、そうだろうな。ママの知り合いの店で雇ってもらえそうなとこは？」

「ないこともないけど、その娘、不法滞在じゃないの？」

「実は、そうらしいんだ」

「だったら、裏方の仕事のほうがいいわね。仕出し弁当屋さんの下働きだったら、紹介してあげてもいいわよ」

「下働きか」

「その彼女を強制送還させられたくなかったら、人目につかない職場のほうがいいでしょ？　そこは住み込みで働けるから、お金も溜められると思うわよ。上海から来てる娘《こ》に打診してみてよ」

留美がそう言って、電話を切った。

多門はフックを押し、すぐに美寿々のマンションに電話をした。受話器を取ったのは、美寿々だった。多門は留美の話をして、美寿々に朱花《ツウホワ》の気持ちを聞いてもらった。ややあって、美寿々の声が流れてきた。

「仕出し弁当屋さんのお世話になってもいいって言ってるわ、朱花《ツウホワ》ちゃん」

「そう」

「でも、もう少しここに置いといてあげたいな。彼女、まだ羅《ロー》の子分たちに見つかるんじゃないかとびくついてるから」

「それじゃ、もう少し落ち着いてから、『紫乃』のママんとこに連れて行こう」

多門は言った。

「そのほうがいいと思うわ」

「そうだな。美寿々ちゃんも落ち着いたら、ライブハウスに向きそうな貸店舗を探しはじめろよ」

「でも、商売に失敗するかもしれないから、あのお金に手はつけられないわ」

「運悪く店を潰《つぶ》すようになったら、おれがまた事業資金を都合つけてやるよ」

「クマさん、優しすぎるわ。わたし、嬉しくて……」

美寿々が語尾を湿《しめ》らす。

「泣かないでくれよ。女性に涙ぐまれると、おれ、どうしていいのかわからなくなってしまうんだ」

「うん、泣かない。わたし、クマさんの厚意をありがたく受け取ることにするわ。その代わり、お金は出世払いってことにしてもらえないかな。貰うってことになったら、全力で頑張れないような気がするの」

「そうしたほうがよけりゃ、そうしなよ。おれは美寿々ちゃんに自分の店で、好きな歌を存分に歌ってもらいたいだけなんだ」

「お店の常連の女実業家が中央線沿線にいくつもビルを持ってるの。その女性《ひと》のビルなら、安く借りられるかもしれないわ。一度、訊いてみようかな？」

「そうしなよ。早いとこライブハウスをこさえちまえ。そうすりゃ、美寿々ちゃんもやる気出るさ」

多門はそう言い、電話を切った。それを待っていたように、着信音が響いた。

杉浦からの電話かもしれない。多門はそう思いながら、受話器を耳に当てた。

「チコでーす」

陽気な声が告げた。歌舞伎町の高級ニューハーフクラブ『孔雀《くじゃく》』の売れっ子だ。

元暴走族だが、性転換手術を受けて〝女〟に生まれ変わった。股の間の人工女性外性器は、実に精巧にできている。胸は、動物の蛋白質《たんぱくしつ》を精製したコラーゲンで豊かに膨らませていた。

無駄毛も永久脱毛し、白い肌は滑らかだ。尖《とが》った喉仏だけは、いかんともしがたい。それを隠すため、いつもチコはスカーフかベルト・チョーカーで首を飾っている。

「なんでえ、おめえか」

「うわーっ、冷たいのね。あたしたち、体で愛を確かめ合った仲なのに」

「おれは、おめえに強チンされただけじゃねえか」

「あーら、あたしが騎乗位で腰を使ってやったら、とっても感じてたくせに」

「ばかやろう。感じるわけねえだろうが！」

多門は言いながらも、落ち着きを失っていた。

まるで同性には興味のない自分が、元男《もとおとこ》のチコの人工性器の中で果ててしまったことがある。悪夢のような出来事だった。一生の不覚だ。

チコを押しのけられなかった事情があったとはいえ、取り返しのつかない過《あやま》ちである。

その忌《い》わしい記憶を完全に拭《ぬぐ》えるものなら、たとえ一億円を払っても惜《お》しくない。

「うちのお店の蘭子《らんこ》ちゃん、知ってたわよね」

「元大工のお兄ちゃんだろ？」

「そう。蘭子ちゃんがね、今朝《けさ》早く死んじゃったのよ。肺炎をこじらせて」

「いくつだったんだ？」

「まだ三十三だったの。人間って、なんか呆気《あっけ》ないわよね。ママは、蘭子ちゃんの遺体に取り縋《すが》って泣きじゃくってたわ」

チコが、しんみりと言った。

店のママの早苗《さなえ》は、かつて歌舞伎《かぶき》役者だった男である。女形《おやま》だったからか、科《しな》が板についている。四十五、六歳で、チコと同じように性転換をしているはずだ。

「おれに蘭子の通夜や葬式に出ろってんじゃねえだろうな」

「そんなこと言わないわよ。クマさんと蘭子ちゃんの間には、何もなかったんだもの」

「用件を早く言いな」

「仕事仲間が若死しちゃったんで、あたし、なんだか気持ちが沈んでるのよ。クマさん、あたしを抱いて」

「相手が違うだろうが。おれは、おめえとはただの知り合いじゃねえか」

「ううん、違うわ。あたしたちは特別の関係よ。秘密を共有してるんですもの」

「殺すぞ、てめえ！」

多門は半《なか》ば本気で喚《わめ》いた。

「いいわよ、殺しても。大好きなクマさんに殺されるんだったら、本望だわ」

チコが嬉しそうに言った。

「電話、切るぞ。おめえと遊んでる暇はねえんだ」

「そんなに忙しいの？」

「ああ。おれの高校時代からの友達《ダチ》が惨《むご》い殺され方をしたんだよ。おれは、犯人捜しで駆けずり回ってんだ」

「そうだったの。それじゃ、クマさんも心にブルー入っちゃってるのね。なら、二人で慰め合いましょ。ね！　あたし、タクシー飛ばして、すぐクマさんのマンションに行くわ」

「チコ、来るんじゃねえ。来やがったら、本当にぶっ殺すぞ」

「殺されたっていいわ。あたし、行く！」

「勝手にしやがれ」

多門は電話を乱暴に切った。

チコは本気にちがいない。元男に好かれても、嬉しくも何ともない。ただ、迷惑なだけだ。

チコが来る前に部屋を出て、矢吹千秋と筒井里織の様子をうかがいに行くことにした。

多門は洗面所に走り入り、顔にシェーバーを当てはじめた。

第四章　狙《ねら》われたキャンパス用地

1

尾行されているのか。

多門は後ろのランドクルーザーが気になった。自宅マンションを出て間《ま》もなく、その四輪駆動車は脇道から出てきた。それから、ずっと追尾《ついび》してくる。怪しい車だ。

あたりは閑静な住宅街だった。

多門はボルボを低速で走らせ、近くの明治《めいじ》通りに向かった。後続の不審な車は一定の距離を保《たも》ちながら、そのまま追ってきた。

やがて、明治通りにぶつかった。

信号は赤だった。多門は左のウインカーを瞬《またた》かせ、すぐミラーを見た。後ろの黒い四輪駆動車も、左のターンランプを灯《とも》した。

信号が青色に変わった。

多門はウインカーを素早く右に変えた。ランドクルーザーのドライバーが慌《あわ》てて右のウインカーを点滅させる。やはり、尾《つ》けられていたようだ。

多門は改めてミラーを仰《あお》いだ。

四輪駆動車の運転席には、黒いキャップを目深《まぶか》に被った男が乗っていた。サングラスをかけている。そのせいで、顔かたちは判然としない。年恰好《としかっこう》は三十歳前後に見える。藤原の首を青龍刀で刎《は》ねた実行犯だろうか。

多門は大急ぎで車を右折させ、明治通りに入った。

ランドクルーザーも右に折れた。多門はアクセルペダルを少し踏み込んだ。と、四輪駆動車も加速した。

後ろの男が尾行していることは間違いない。どこかに誘い込んで、締め上げることにした。

多門は天現寺橋《てんげんじばし》交差点まで直進し、左に曲がった。

ランドクルーザーも左折する。多門は西麻布方向に車を走らせた。ほどなく左側に聖心女子大の校舎が見えてきた。聖心女子大のキャンパスの手前で、今度は右折する。

いくらも走らないうちに、有栖川宮《ありすがわのみや》公園の前に出た。

多門はボルボを公園の際《きわ》に停めた。四輪駆動車は十数メートル後方に停止した。

公園は割に樹木が多い。常緑樹も少なくなかった。気になる尾行者を痛めつけるには、もってこいの場所だ。多門はグローブボックスを開け、羅《ロー》から奪ったグロック17を掴《つか》み出した。弾倉《マガジン》には、九ミリ弾が五発装塡《そうてん》されている。

オーストリア製の拳銃をベルトの下に突っ込み、多門はさりげなく車を降りた。園内に入り、遊歩道を進む。

学校を狡休《ずるやす》みしたらしい制服姿の高校生カップルが繁みの奥で、唇を吸い合っていた。

多門の足音に気づくと、若い二人は弾《はじ》かれたように離れた。

「邪魔したな」

多門は二人に謝って、足を速《はや》めた。

カーブに差しかかったとき、小さく振り返ってみた。案《あん》の定《じょう》、キャップを被った男が大股で追ってくる。殺意を漲《みなぎ》らせているように映った。

多門は五十メートルほど走り、植え込みの中に身を隠した。

そのまま待つと、キャップの男が小走りに駆けてきた。あたりをきょろきょろと見回している。多門が逃げたと思っているのではないか。

片方の耳が潰《つぶ》れていた。まるでカリフラワーだ。杉浦の話によると、藤原を殺した男の左耳は潰れていたらしい。追ってきた者が実行犯と思われる。

男はフード付きの草色のキルティングコートを着ている。下は焦茶《こげちゃ》の厚手のセーターだ。チノクロスパンツは白っぽかった。

多門は中腰で遊歩道に接近しはじめた。

ダウンパーカが灌木《かんぼく》の枝を擦《こす》る音は割に高かった。それだけ、あたりが静かなのだろう。

男が走りだした。

すぐに多門の視界から消えた。遊歩道のずっと先まで行ったようだ。

多門は腰から、グロック17を引き抜いた。安全装置を掛けたまま、銃把《グリップ》を握り込む。公園の中で発砲する気はなかった。威嚇に使うつもりだ。

十数秒後、キャップの男が駆け戻ってきた。

多門はできるだけ姿勢を低くして、遊歩道の際《きわ》まで進んだ。男はすぐそばにたたずみ、反対側の繁みを覗《のぞ》き込んでいる。後ろ向きだった。隙《すき》だらけだ。

多門は遊歩道に躍《おど》り出た。

男の後ろ襟《えり》を片手で掴み、グロック17の銃口を背中に突きつける。

「逆《さか》らったら、ぶっ放すぞ」

「撃てるかな、ここで？」

男が余裕たっぷりに言い、いきなり靴の踵《かかと》で多門の向こう臑《ずね》を蹴った。

不意を衝《つ》かれた恰好だった。多門は躱《かわ》せなかった。蹴られたのは、左の向こう臑だった。わずかに体が左に傾いた。

そのとき、男が半身を捻《ひね》った。

ほとんど同時に、多門は顎《あご》に肘《ひじ》打ちを見舞われた。鮮《あざ》やかな振り猿臂《えんぴ》だった。どうやら空手の心得があるようだ。

多門は体勢を整え、右の膝蹴りを放った。

キャップを被った男は膝頭を合わせ、巧《たく》みにブロックした。すかさず下から、逆拳《ぎゃくけん》を突き上げてきた。鋭い突きだった。空気が揺れた。

多門は肘打ちを返した。

男の頬が鈍く鳴った。間髪《かんはつ》を容《い》れず多門は肩で男を弾いた。男が反《そ》り身になる。

多門はステップインした。

銃把の角で、相手の前頭部を撲《う》つ。男が尻《しり》から落ちた。まるで地にめり込むような沈み方だった。

キャップが落ち、サングラスも飛んでいた。髪はクルーカットだった。額に血の条《すじ》が這《は》っている。多門は、男の片方の足首をグローブのような手で摑んだ。そのまま怪力で、男を植え込みの中に引きずり込む。

男は引きずられながらも、蹴りを浴びせてきた。

だが、多門は手の力を緩《ゆる》めなかった。拳銃をベルトの下に戻し、両手で男の足首を摑む。多門は仰向けになった男を左右に振り回し、太い樹木の幹《みき》に叩きつけた。叩きつけるたびに、男は短く呻《うめ》いた。樹木も揺れた。

多門は両手を放し、倒れた男の体を探《さぐ》った。

男は、白兵戦《はくへいせん》の秘密兵器と呼ばれているストライクスリーを隠し持っていた。ズッキーニに酷似した形状で、鉄球、首絞め用紐《ギャロット》、短刀が筒の中に納まっている。長さは十六、七センチだ。直径は三センチほどだった。

「こんな特殊武器を持ってるとこを見ると、殺し屋《プロ》らしいな」

「殺《や》るなら、早く殺れ!」

「そう死に急ぐことはない。てめえが『エメラルドホテル』の七〇五号室で、毎朝タイムズ社会部の藤原孝道を殺したんじゃないのかっ。北京マフィアの羅《ロー》から百万で買った青龍刀を使ってな」

多門は、ストライクスリーの握りの部分にあるストッパーを外した。

黒い鉄球が垂れ下がった。紐《ひも》の部分は、首絞めの道具になる。

「おれは、そのへんのチンピラじゃない。どんなに痛めつけられたって、口は割らないよ」

男は引っくり返ったまま、不敵な笑みを浮かべた。精悍《せいかん》な顔つきだった。

多門は左目を眇《すが》めた。男のキルティングコートのポケットからハンカチを取り出し、小さく丸める。それを男の口の中に突っ込んだ。

「ハンカチを吐き出したら、目ん玉を叩き潰すぞ」

多門は凄《すご》んでから、男の肩、肘を次々に鉄球で打ち砕《くだ》いた。

男は鉄球を喰《く》らうたびに、四肢《しし》を丸めた。痛みが激しいときは体を左右に振った。

「誰に頼まれて、藤原を殺《や》ったんだ？　殺しの依頼人の名前を喋る気になったら、舌の先でハンカチを押し出せ」

「………」

男は胸を波打たせながら、小さくせせら笑った。

多門の血が逆流した。男の顔面、鎖骨、肋骨《ろっこつ》に鉄の塊《かたまり》を叩きつける。鼻の軟骨が潰《つぶ》れ、唇が赤く腫《は》れ上がった。鼻血も出している。

「お、おめ、そげにおれさ、お、怒らせてえのけ？」

多門は男の脇腹を蹴った。

男は手脚《てあし》を縮め、長く呻いたきりだった。多門はストライクスリーを大きく頭上に振り上げた。

そのとき、男が尻でスピンし、横蹴りを放った。蹴りは多門の左の膝頭に当たった。

多門は体のバランスを崩した。振り下ろした鉄球は、地面を叩いた。

枯葉が飛び散る。男がスラックスのポケットから、何か小さな包みを抓《つま》み出した。

次の瞬間、多門は両目に尖鋭《せんえい》な痛みを覚えた。砂粒が目に入ったようだ。目潰《めつぶ》しを喰《く》らってしまったらしい。

男が身を起こした。

多門は退《さ》がった。退がりながら、紐付きの鉄球を振り回す。相手の姿がよく見えない。

多門は左右の前蹴りを交互に放った。

だが、どちらも虚《むな》しく空《くう》を蹴っただけだった。男が右横に回る気配が伝わってくる。

多門は、ひとまず左に逃げた。

ストライクスリーをベルトの下に差し込み、自動拳銃を引き抜いた。セーフティー・ロックを外し、手早くスライドを滑らせる。

男が逃げ出す足音が耳に届いた。
「ぶ、ぶっ殺すど！」
多門はグロック17を両手保持で構え、足音のした方に銃口を向けた。
まだ目は開けられなかった。痛みを堪《こら》えて、強く瞬《まばた》きをする。
涙が湧《わ》いた。砂粒が流れ落ちる。
男は片脚《かたあし》を庇《かば》いながら、遊歩道を走っていた。逃げる気になったのだろう。
多門は拳銃の安全装置を掛け、ベルトの下に戻した。
植え込みの間を抜け、遊歩道に走り出る。ちょうど男は公園の外に出ようとしている
ところだった。
多門は懸命に追った。
公園の外に出たとき、左手からランドクルーザーが猛進してきた。とっさに多門は後
ずさった。四輪駆動車は重い風圧を残し、フルスピードで走り抜けていった。
多門は路上に出た。遠ざかる車のナンバープレートの数字は、読み取れなかった。
どこまでも追ってやる！
多門は胸中で吼《ほ》え、ボルボに駆け寄った。念のためタイヤを点検してみる。
運転席側の後部車輪のエアが抜けていた。逃げた男が公園に入る前に、千枚通しか何

かでパンクさせたにちがいない。

「くそったれ」

多門は歯嚙みした。忌々《いまいま》しかったが、追跡は諦《あきら》めるほかなかった。

トランクリッドを開け、ジャッキやスペアタイヤを取り出す。タイヤの交換に三十分近くかかってしまった。

多門は一服してから、車を日東テレビに向けた。

一ノ橋《いちのはし》JCTの近くまで走ったとき、スマートフォンに着信があった。多門は片手でハンドルを捌《さば》きながら、スマートフォンを摑み上げた。

「わたしです」

発信音は亀貝だった。

「広瀬真紀の妹と接触できたのかな」

「いいえ、直美とはまだ接触できないんですよ。ですが、広瀬内科医院の前で泣いてた女子高生と接触できました」

「その子は、真紀の友達か？」

「ええ、そうです。渋谷で知り合って、よく一緒に遊んでいたらしいんです。木元奈月《きもとなつき》という名前で、関東女学館高等部の二年生だと言ってましたので、真紀の学校とは違いますが」

「その子から何か有力な手掛かりを得たんだね?」

多門は訊いた。

「何か知ってそうなんですが、泣いてばかりいて、会話にならないんですよ。いま、その子と目黒駅前の『モンタナ』ってコーヒーショップにいます。わたしひとりでは、手に負えないんですよ。多門さん、こちらに来てもらえませんか?」

「わかった。いま、一ノ橋の近くにいるんだ。数十分で、その店に行けるだろう」

「よろしくお願いします」

亀貝が電話を切った。

多門はボルボをUターンさせ、目黒に向かった。道路は割に空いていた。目的の店は造作なく見つかった。多門はボルボを近くの路上に駐《と》め、『モンタナ』に入った。

亀貝は奥のテーブルで、長い髪を栗色に染めた少女と向き合っていた。

多門は二人のいる席に近づいた。少女が多門を見て、少し驚いたような顔つきになった。巨漢だからだろう。

「社会部の先輩記者だよ」

亀貝が言い繕《つくろ》った。多門は話を合わせ、亀貝のかたわらに坐った。ウェイトレスが注文を取りにきた。

多門はコーヒーをオーダーし、斜め前の少女に確かめた。

「木元奈月さんだね?」

「ええ、そうです」

奈月が顔を上げた。泣き腫《は》らした目が痛々しい。

「きのうの夜の十一時ごろ、奈月ちゃんのスマホに広瀬真紀から『テレビが追ってくる』というラインが入ったらしいんですよ」

亀貝が言った。奈月が無言でうなずいた。

「ラインが入ったとき、きみは何をしてたの?」

多門は奈月に問いかけた。

「お風呂に入ってた」

「ラインに気がついたのは、風呂から上がってすぐかな?」

「ええ、そう。で、あたし、『どういう意味?』って真紀のスマホに打ち返したの。でも、それっきりで真紀からの返信はなかった。そのころ、真紀は誰かに追いかけられて、必死に逃げてたんだと思うわ」

「きみは真紀が死んだことをいつ知った?」

「今朝の八時二十分ごろかな。学校に着いても真紀のラインが気になって仕方なかったんで、彼女の家に電話したの。ラインで遣《や》り取りするから、電話はめったにかけないんだけどね。そうしたら、お手伝いのおばさんが真紀は死んだって……」

奈月は言葉を詰《つま》らせ、涙にくれた。

コーヒーを運んできたウェイトレスは、怪訝《けげん》そうな顔をしていた。亀貝が、わざとらしい咳《せき》をした。すると、ウェイトレスは足早に歩み去った。

多門はコーヒーをブラックで啜《すす》り、煙草に火を点けた。

喫《す》い終えたときには、奈月の涙は止まっていた。

「きみは、広瀬真紀の『テレビが追ってくる』ってラインをどんなふうに解釈したの？」

亀貝が優しい声で奈月に訊いた。

「最初は意味不明だったんだけど、真紀が日東テレビの誰かに追われてるんじゃないかと思うようになったの」

「なぜ、そう思ったのかな」

「真紀は日東テレビのドキュメンタリー番組に出演して、〝やらせ〟に協力してたの。えーと、『茶髪群像の放課後ＰＡＲＴⅢ』という一時間番組よ。真紀は局の人に言われた通りにインタビューに答えて、三十万円の出演料を貰ったって言ってたわ」

「インタビューの内容については、何か話してなかった？」

「どこかの女子中高校の理事長から月に百五十万円貰って、〝パパ活〟してる女子高生の役を演じたと言ってたわ」

「真紀は誰にテレビに出ないかと誘われたと言ってた？」

「局アナの筒井里織が第三者を介して、真紀に会いたいって言ってきたらしいわ。それで、彼女、指定されたカフェに行ったとか言ってた」

奈月が口を結んだ。やはり、里織だったか。

多門は亀貝と目を合わせた。それだけで、言葉は交わさなかった。

「どこのなんてお店？」

「そこまでは聞かなかったわ」

奈月が答え、コップの水を飲んだ。

「そうか。その先のことは知ってる？」

「筒井里織の代理だという若い男が店に現われて、真紀はシティホテルに連れて行かれたみたいよ。それで、ホテルの一室でビデオ撮影されたって言ってたわ。撮影が終わったとき、筒井里織本人が現われて、局名入りの封筒を渡されたんだって」

「その中に、三十万円の謝礼が入ってたんだね？」

多門は口を挟んだ。

「ええ、そう。真紀は筒井里織に〝やらせ〟のことを絶対に言うなって口止めされたらしいけど、酔ってるときに遊び仲間たちに喋っちゃったみたいなの。それで噂が広まったようね」

「広瀬真紀は、きみのスマホにダイイング・メッセージを入れたということだな？」

「ええ、多分ね」

「真紀は出会い系アプリを使って、〝パパ活〟に応じてくれる相手を見つけてたんだろう？」

「そこまで知ってるの⁉」

奈月が目を丸くした。

「どうなんだ？」

「うん、そう。真紀は自分で美術大学に行く学費を用意する気だったのよ。家の人は、医者の娘なんだから、医学部に進まなきゃ、入試の受験料を出してやらないって言ってたらしいわ」

「真紀は、いつも同じアプリにメッセージを入れてたのかな？」

「ううん、複数のアプリを使ってたみたいよ」

「日東テレビの誰かが真紀が援助交際してくれる男を募集してることを知ったんだな」

多門は言った。

「そうでしょうね。それで、日東テレビの人が真紀に〝パパ活〟絡《がら》みの〝やらせ〟を頼んだんだと思うわ」

「その〝やらせ〟が公《おおやけ》になりそうになったんで、日東テレビは真紀を誰かに歩道橋の階段から突き落とさせたのか」

「そう考えてもよさそうですね」

亀貝が、多門の言葉を引き取った。

「少々、強引な推測かもしれないがな。しかし、それを裏付けるような物証はない」

「そうですね」

「ラインは、もう削除しちゃったんだろうな？」

多門は奈月に顔を向けた。

「うん、もう削除しちゃったわ」

「そうか。もっとも真紀の『テレビが追ってくる』というラインが残ってたとしても、日東テレビを追い詰めることはできないわけだが……」

「ええ。何か物的証拠を摑まない限りは、日東テレビの人間を犯人扱いはできませんよね」

亀貝がうなだれた。多門は懐から藤原の顔写真を取り出し、奈月に見せた。

「渋谷で、この男を見かけたことはない？」

「ないわ。誰なの、その男の人は？」

「毎朝タイムズの記者だったんだが、先日、殺されたんだよ。多摩川の下流の河原《かわら》で首なし死体が発見されたんだが、その事件のことを憶《おぼ》えてないかな？」

「あたし、新聞なんか読まないし、ネットニュースもめったに観《み》ないから……」

奈月が首を竦めた。

「写真の男は、日東テレビが〝やらせ〟をやってることに気づいてたようなんだよ」

「それじゃ、その記者さんも真紀と同じように日東テレビの誰かに殺されたのかもしれないの？」

「その可能性はゼロじゃないだろうな」

多門は藤原の写真を内ポケットに戻した。

「あたしがもっと早くラインの意味に気づいてれば、真紀は殺されずに済んだかもしれないのね。あのラインは、真紀のＳＯＳだったんだろうな。なのに、それがダイイング・メッセージになってしまって……」

「広瀬真紀の妹の直美と会ったことは？」

「ううん、一度もないわ。真紀は、あまり家族の話をしなかったから。あたしと同じで、家に自分の居場所がなかったんじゃないかな。だから、淋しくて夜遊びしてたんだと思うわ。あたし、また独りぼっちになっちゃったな」

奈月が溜息をつき、白いシュガーポットに虚《うつ》ろな目を向けた。

亀貝が何か言いかけ、途中で口を噤《つぐ》んだ。三人の間に、重苦しい沈黙が横たわった。

後で出会い系アプリに、筒井里織のメッセージが残ってるかどうか調べてみることにした。

多門は冷めたコーヒーを飲んだ。心なしか、妙に苦く感じられた。

2

第二制作室に矢吹千秋はいなかった。

同僚の話によると、美人ディレクターは一階の喫茶室にいるらしい。多門は階段降《お》り口に足を向けた。午後七時過ぎだった。

ダウンパーカの内ポケットには、証拠メッセージが入っていた。刑事を装って、サイト運営会社から借り受けたメッセージだ。その内容で筒井里織が真紀に〝パパ活〟のことで取材させてほしいと申し入れ、自分のスマートフォンのナンバーを教えていた事実が明らかになった。里織は唐沢か千秋に頼まれ、真紀に〝やらせ〟に協力してくれるよう説き伏せたのだろう。

多門は、最初に里織に会うつもりだった。だが、あいにく彼女は生放送番組でスタジオ入りしてしまった。そこで、先に矢吹千秋に揺さぶりをかけてみる気になったのだ。美人ディレクターが〝やらせ〟に関与している疑いは濃い。

多門は一階に下《くだ》り降りた。

喫茶室は奥まった場所にある。喫茶室に入りかけて、多門は自分の目を疑った。中ほどの席で千秋がにこやかに談笑している相手は、なんと先夜、花束を抱えたストーカーだった。

美人ディレクターがストーカーにつきまとわれて困っているという話は、自作自演の狂言だったようだ。千秋は、なぜ、そんなことをしたのか。

多門は物陰に隠れ、考えはじめた。

千秋は多門が何かを嗅《か》ぎつけたかもしれないという強迫観念に取り憑《つ》かれ、ストーキング騒ぎを演出して、疑惑の目を逸《そ》らそうとしたのだろうか。そうではなく、ほかに何か意図《いと》があったのか。

　迫真の演技でストーカーの振りをした男は、いったい何者なのか。このテレビ局の社員なのだろうか。それとも、放送作家か下請けの制作プロダクションの人間なのか。男を締め上げれば、詳しいことがわかりそうだ。

　十数分後、喫茶室から偽ストーカーだけが出てきた。ツイード地の洒落《しゃれ》たスーツを着ていた。

　男は玄関ロビーの方に歩きだした。

　多門は男を尾《つ》けはじめた。男は玄関から外に出ると、屋外駐車場に向かった。多門は男の背後に忍び寄って、片腕を強く摑んだ。

　男がぎょっとして、振り返った。

「あ、あんたは⁉」

「よう！　いい芝居してくれたな。騒ぐと、腕の骨を折っちまうぞ。おまえに訊きてえことがある。ちょっとつき合ってもらうぜ」

　多門は男の腕を捉《とら》えたまま、駐車場の奥まで引っ張っていった。

　ワンボックスカーの陰に回り込むなり、男を捩伏《ねじふ》せた。腹這いにさせ、腕の関節を痛めつける。

「痛いよ。手を放してくれーっ」

男が自由の利《き》く手で、レスラーのようにコンクリートを叩いた。

「おとなしくしてないと、肩の関節を外すからなっ」

「わ、わかったよ」

「放送作家じゃなさそうだな。番組制作会社の人間か？」

多門はダウンパーカのポケットの中に手を入れ、ＩＣレコーダーの録音スイッチを入れた。

「そうだよ」

「なんてプロダクションなんだ？」

「『オリエント映像』って会社だよ」

「そっちの名は？」

「馬場《ばば》、馬場正寿《まさとし》……」

「日東テレビのドキュメンタリー番組の下請け制作をしてるんだろう？」

「そう、そうだよ」

「矢吹千秋に頼まれて、ストーカーの真似をしたなっ」

「…………」

「どうなんだ！　腕がブラブラになってもいいのかな」

「乱暴はやめろ！　やめてくれ。そうだよ、矢吹ディレクターに頼まれたんだ」

　馬場が言った。

「矢吹千秋は何を考えてる？」

「確かなことは言えないけど、矢吹ディレクターは〝やらせ〟が発覚したときのことを考え、我々をダミーの脅迫者に仕立てたかったみたいだな」

「脅迫者？　矢吹千秋は第三者に脅されて渋々、〝やらせ〟をやったと言い逃れるつもりだったってことか？」

「多分ね。だから、矢吹ディレクターは番組関係者に不審な影が忍び寄ってるという事実をおたくに見せたかったんだと思うよ」

「そういうことだったのか」

「勘弁してくれないか。下請けの制作プロは、テレビ局のプロデューサーやディレクターには逆らえないんだよ。彼らの機嫌を損《そこ》ねたら、ライバル会社のプロダクションに仕事を奪《と》られる。我々の立場は弱いんだよ、情けない話だけどね」

「『茶髪群像の放課後ＰＡＲＴⅢ』は、日東テレビの自社制作なのか？」

「企画と演出は矢吹ディレクターで、実際の撮影はうちの会社が請け負ったんだ」

「番組に出てくるM子っていうのは、四葉学園高等部に通ってた広瀬真紀だよな？」

「そんなことまでは知らないよ」

「空とぼける気か。手間かけさせやがる」

多門は椰子《やし》の実《み》大の膝頭で、馬場の背骨をぐりぐりと圧迫した。

「そう、そうだよ」

「真紀の出演交渉をしたのは、アナウンサーの筒井里織だなっ」

「おたく、どこまで知ってんの⁉」

「いいから、質問に答えろっ」

「筒井さんだよ。でも……」

馬場が口ごもった。

「出会い系アプリに登録して、真紀が売春まがいのことをしてるのを調べ出したのは、そっちらしいな」

「おれじゃない、おれじゃないよ」

「それじゃ、誰なんだっ」

「うちの会社の大坪《おおつぼ》って男だよ。大坪が真紀が〝パパ活〟に応じてくれる相手を探してることを知って、筒井さんに教えたんだ」

「その大坪って奴は、ひょっとしたら、ストーカーの振りをして筒井里織を尾《つ》けてた男なんじゃないのか?」

「そうだよ。矢吹ディレクターに頼まれたと言ってた」

「やっぱり、そうだったか。ついでに答えてもらおう。真紀が番組の中で喋ってたことは、でたらめなんだなっ」

多門は馬場の利き腕を思いきり捩《ねじ》上げた。

「痛い、痛いーっ!」

「あれは、〝やらせ〟だったんだろう?」

「そ、そうだよ。矢吹ディレクターが予め《あらかじ》用意してあった会話の遣《や》り取りを真紀とインタビュアーに渡してたんだ。うちの会社のスタッフは、矢吹ディレクターの指示通りにビデオ撮影しただけだよ。嘘じゃない」

「真紀の前に出てきたJKクラブの女の子は、どこの誰なんだ?」

「大坪が歌舞伎町で拾ってきた新人のAV女優だよ。広瀬真紀の知り合いのように振る舞ってたけど、二人はまったく面識がなかったんだ。あれも、日東テレビ側が用意した〝やらせ〟さ」

「パトロンの理事長っていうのは、聖順女子学院の小谷武徳理事長のことだな。なぜ、小谷を貶《おとし》めるような真似をしたんだっ」

「そのあたりのことは、我々は知らない。日東テレビが用意したインタビュー内容を見たとき、これじゃ、視聴者にパトロンが聖順女子学院の理事長だとわかるだろうと思ったけどね。でも、余計なことを矢吹ディレクターや唐沢プロデューサーに言ったら、仕事が貰えなくなると思ったんで、黙ってたんだ。さっきも言ったけど、下請けプロの立場なんか、本当に弱いんだよ。番組をできるだけ早く安く制作して、プロデューサーやディレクターに喜んでもらわないと、次の仕事を回してもらえないんだ」

馬場が長々と愚痴《ぐち》をこぼした。

「男が泣き言を言うんじゃねえ。そんな屈辱的な思いをしてまで、下請け仕事にありつきたいのかっ」

「テレビの仕事が好きなんだよ」

「だったら、泣きなんか入れるんじゃねえ！」

「おれが〝やらせ〟のことを喋ったって、矢吹ディレクターに言わないでくれよな」

「ああ、黙っててやらあ」

多門は唇をたわめ、ポケットの中のＩＣレコーダーを停止させた。言うまでもなく、馬場の証言音声を矢吹千秋に聴かせるつもりだ。

「知ってることは何もかも話したんだから、もう赦《ゆる》してよ」

「プロデューサーの唐沢が、〝やらせ〟を知らないはずはない」

「だろうね。ビデオ編集が終わると、唐沢さんはいつもチェックしてるから。〝やらせ〟と知ってて、放映をオーケーしたんだと思う」

「唐沢は小谷とつき合いがあるんじゃないか？」

「知らないよ、そんなことまで」

「まあ、いいさ」

「手を放してくれよ」

馬場が言った。

そのとき、多門は背後に人が迫った気配を感じ取った。振り向くと、里織を付け回していた偽のストーカーがいた。狐色の革鞄を頭上に振り上げている。

多門は立ち上がりざまに、男の鳩尾《みぞおち》に頭突きを浴びせた。男は体をくの字に折って、数メートル後ろに引っくり返った。その瞬間、両脚を高く撥《は》ね上げた。

「大坪だな？」

多門は言った。

「なんで、ぼくの名前を知ってるんだ⁉」

「馬場がすべて白状したんだよ」

「えっ⁉　ほんとなんすか？」

大坪が半身を起こし、馬場に問いかけた。

馬場はきまり悪そうな顔でうなずき、のろのろと立ち上がった。

「おまえら、おれのことを矢吹ディレクターや筒井里織に喋るんじゃねえぞ。何か言ったら、てめえらを半殺しにするぜ」

多門は二人に言い捨て、大股で駐車場を出た。

局内の喫茶室に行くと、千秋は数人の男女と何か話し込んでいた。同じテレビ局の者たちだろう。

仕事仲間のいる所で千秋を追い詰めるのはかわいそうだ。もう少し待ってやることにした。多門は地下の駐車場に降り、自分のボルボに乗り込んだ。

ロングピースをくわえかけたとき、スマートフォンに着信があった。

「昼間はどうも！」

亀貝の声が耳に流れてきた。

「真紀の妹には会えた？」

「ええ、夕方にね。ですが、直美は姉さんの隠された生活のことは何も知りませんでしたよ」

「そうか」

「えーと、それから真紀の死因は脳挫傷《のうざしょう》でした。剖検《ぼうけん》で、外傷はまったくないことも判明しました。やはり、階段の上から突き落とされたのでしょう」

「だろうな」

「事件当夜、真紀が黒いキャップを被った三十前後の男に追い回されるところを宇田川《うだがわ》町の飲食店の店員が見てることも警察の調べでわかりました」

「おそらく、その男が藤原を殺した奴だろう」

「わたしも、そう睨《にら》んでいます」

「真紀の遺体は、もう自宅に？」

「ええ、亡骸は夕方五時過ぎに東京都監察医務院から……」

「そうか」

多門は短く応じた。

東京二十三区扱いの司法解剖は東京都監察医務院で行なわれる。多摩市など都下の場合は、慈恵会医大か杏林《きょうりん》大が担《にな》う。

「今夜、仮通夜で明日が本通夜だそうです。真紀の父親は自分が娘の生き方を限定してしまったから、こんなことになってしまったと嘆いていました」

「遅すぎるな」

「ええ。肝心な話が後《あと》になってしまいましたが、藤原先輩は社の近くの行きつけの食堂の店主にICレコーダーのメモリーを預けてあったんですよ」

「メモリーを？」

「ええ、そうです。藤原先輩の取材録音音声ですよ。取材を受けてるのは、聖順女子学院の小谷武徳理事長です。食堂の親父《おやじ》さんが、さっき社に持ってきてくれたんですよ。たまたま応対に出たわたしが、そのメモリーを預かることになったんです」

「その音声、聴かせてくれないか」

「はい。いま、再生します」

亀貝が沈黙した。

少し待つと、藤原の声が響いてきた。

――小谷理事長、この映像を観《み》られて、どう思われます？

――どうって、M子とかいう女子高生はパトロンがわたしだと名指ししてるわけじゃない。

——ええ、確かにね。しかし、M子は制服の色、それから理事長が四年制女子大の創設をしたがってたことをわざわざ喋っています。その二つのことで、視聴者の多くはM子が〝パパ活〟をしているのが聖順女子学院の理事長、つまり、あなたであると察するでしょう。

——そうかもしれないが、これだけでは日東テレビを訴えることはできんでしょうが。

——微妙なところですね。告訴したら、逆に誣告罪《ぶこくざい》で訴えられるかもしれません。しかし、あなたは女子高生を愛人にしてるわけじゃないし、性的な関係を持ったこともないとおっしゃっている。

——そんな破廉恥《はれんち》なことは、天地神明《てんちしんめい》に誓ってやっていない。ビデオの話は、〝やらせ〟だよ。

——わたしも、〝やらせ〟だと直感しました。いずれM子を捜し出して、きちんとした裏付けを取るつもりです。

——ぜひ、そうしてほしいな。しかし、なぜ日東テレビはわたしのイメージを穢《けが》すようなことをしたんだろうか。制作スタッフはもちろん、日東テレビの人間とは一面識もないのに。

——おそらく外部の者があなたを貶《おとし》める目的で、現場のスタッフに〝やらせ〟を頼んだんでしょう。際物《きわもの》の題材で視聴率を稼ぎたいという気持ちがあっても、ここまで際どいことはできないはずです。告訴されかねませんからね。

――そうだよ。現に『茶髪群像の放課後PARTⅢ』を観たという弟が、からかい半分にわたしの愛人がテレビに出てるよなんて言ってきたぐらいだ。しかし、わたし自身はテレビを観てなかったから、気にも留《と》めなかったが。

――そうおっしゃいますが、わたしが持ってきた録画をご覧になって、かなり驚かれてましたよね。

――それは、びっくりしたよ。パトロンがわたしだと思う人もいるんだろうなって感じたんでね。

――それでも、日東テレビに抗議する気にはなれない？

――M子は、別に固有名詞を口にしたわけじゃない。校名やわたしの名を喋ったんなら、もちろん告訴するさ。しかし、パトロンのことは巧《たく》みにぼかされてる。仮にわたしが日東テレビに『紛《まぎ》らわしいことはしないでくれ』と文句をつけても、先方に『おたくのことじゃない』と言われたら、どうしようもないからな。

――それはそうですが、小谷さんは寛容な方なんですね。〝やらせ〟が悪意に満ちた中傷だとお感じになられているのに、我慢する気になられた。

——わたしを誹謗《ひぼう》してるとはっきりしてるわけじゃないから、クレームのつけようがないじゃないか。むろん、内心は不愉快だよ。

——〝やらせ〟の背後に、何か陰謀があるとは感じられませんか？

——わたしは他人に恨まれるような生き方はしてないよ。

——あなたご自身は真っ当に生きているんでしょう。しかし、世間的に成功した方々は妬《ねた》みを受けやすいものです。あなたを破滅させたいとか、困らせてやりたいと考える者もいるんじゃないのかな。

——心の奥底でわたしの成功を妬んでいる者はいるかもしれないね。だが、具体的に誰ということは思い浮かばないな。

——そうですか。事業のことで、何かトラブルは？

——特にない。事業といっても、学校経営だからね。一般企業のような熾烈《しれつ》な競争があるわけじゃない。同業者に恨まれるようなこともないんだ。

——個人的には、どうでしょう？　あなたの方針に適《あ》わないということで、教職員を解雇したなんてケースは？

——そういうことは一度もないっ。

——過去に女性問題で揉《も》めたことは？

——そんなことはあるわけないじゃないか。失敬なことを言うな！

——すみません。つい失礼な物言《ものい》いをしてしまいました。ただ、わたしはあなたが妙に寛大なことに引っかかっているんです。

——きみは何が言いたいんだっ。わたしの側に何か弱みでもあって、日東テレビに文句を言えないとでも思ってるのか！

——そう興奮なさらないでください。なんだか図星をさされて、逆上してるようにも見えますよ。

——無礼な男だな。帰ってくれ。大新聞の記者だから、取材を受ける気になったが、実に不愉快だ。すぐに帰りたまえ！

小谷が憤然と立つ物音がし、音声は熄《や》んだ。

「ICレコーダーには、二人の遣《や》り取りだけしか録音されてないのかな？」

多門は亀貝に問いかけた。

「ええ、そうです。藤原先輩は、このメモリーをどうして食堂の親父さんに預けたんでしょう？」

「藤原は、何か小谷の秘密を知ったのかもしれないな。それでメモリーを会社や自宅に置いとくと、奪われる恐れがあると考えたんじゃないか。で、食堂の親父に預けた。親父は預かったメモリーが藤原の死に関わりがあると思い当たって、慌てて毎朝タイムズに届けたんだろう」

「そうだとすると、小谷が殺し屋に藤原先輩を殺させた疑いも……」

「その可能性はゼロとは言えないだろう」

「しかし……」

「ただ、これまでの流れを考えると、藤原は〝やらせ〟に気づいたため、日東テレビに消されたと考えるほうが自然だろうな」

「わたしは、そう筋を読んでいます」

「小谷が急に怒りだしたのは、藤原が言ったように痛いところを衝《つ》かれたんで、思わず狼狽したのかもしれない」

「そうなんでしょうか」

亀貝が自問した。

「おそらく、そうだったんだろう」

「小谷理事長に何か弱みがあるとしたら、どんなことなんでしょう?」

「実は、知り合いの調査員にそれを探《さぐ》ってもらってるんだ」

「そうだったんですか。ということは、多門さんは〝やらせ〟の向こう側に何か陰謀があると推測したんですね？」

「うん、まあ」

「凄いもんだな」

「おれの推測が正しいかどうかは、まだわからないぞ。そのメモリー、大事に保管しといてくれないか。後で何かの役に立つかもしれないからな」

「そうですね」

「いい情報だったよ。サンキュー！」

多門は電話を切って、煙草に火を点けた。

さきほどの馬場の証言音声を聴いたら、美人ディレクターはひどくうろたえるだろう。女性をそんな形で苦しめたくはないが、それを避けるわけにはいかない。

3

録音音声が流れはじめた。

そのとたん、矢吹千秋の顔が蒼《あお》ざめた。日東テレビのビデオ編集室である。

「馬場が〝やらせ〟のことを白状したよ」

多門は言った。室内には、二人のほかは誰もいなかった。

音声が途絶《とだ》えると、千秋が口を開いた。

「馬場ちゃんが、なんでそんなでたらめを言ったのかしら？」

「もう観念したほうがいいな。それとも、おれの目の前で馬場に文句を言うかい？」

「…………」

「M子、いや、広瀬真紀を使って聖順女子学院の小谷理事長を貶《おとし》めるようなインタビューをしたね」

多門は穏やかに言った。

千秋が深呼吸して、回転椅子から立ち上がった。多門は煙草に火を点け、千秋が喋りだすのを待った。

千秋は部屋の壁際まで歩き、ゆっくりと多門のいる方に引き返してきた。

「真紀のインタビューは、〝やらせ〟よ」

「やっぱり、そうだったか。なぜ、そんなことをさせたんだ？」

「わたし、自分の担当番組の視聴率を何とか十三パーセント台まで上げたかったの。制作した番組はどれもそこその評価を得られたんだけど、視聴率が十パーセントを超えたことは数えられる程度だった。いつもは、七、八パーセント止まりだったのよ」

「その程度じゃ、番組スポンサーはいい顔しないんだろうな」

「ええ、その通りよ。最低十パーセントはクリアしてないと、番組の継続が難しくなるの。わたし、自分の番組に誇りも持ってるし、全エネルギーを傾けてきたわ。映像にしたいテーマも、まだまだある」

「番組の打ち切りが怖くて、つい〝やらせ〟をしたのか」

多門は、長くなった灰をバナナのような指で叩き落とした。

「ええ、その通りよ。名門女子中高校の理事長が高二の女の子の〝パパ活〟に応じてるって話はインパクトがあるから、必ず高視聴率を稼げると踏んだわけ。事実、『茶髪群像の放課後PARTⅢ』は十五パーセント強《きょう》も稼げたの」

「〝やらせ〟が発覚したときのことを考え、そっちは偽ストーカーたちを使って、自分や筒井里織が正体不明の脅迫者に付け回されてるように見せかけたんだな？」

「ええ、そうよ。デートのときにあなたに尾行されていることに気づいたんで、馬場ちゃんに協力してもらったのよ。それで、あなたに里織のボディーガード役を押しつけたの。騙《だま》したりして、ごめんなさい」

「そのことは忘れよう」

「ありがとう」

「立ってないで、どこかに坐ってくれよ」

「ええ」

千秋が二つ先の回転椅子に腰かけた。横向きだった。後ろめたくて、まともに顔を合わせたくないのだろう。

「『オリエント映像』の大坪って奴が出会い系アプリで真紀のことを知って、筒井里織に出演交渉をさせたんだな？」

「ええ、馬場ちゃんの言った通りよ」

「人気アナの里織を代理人にしたら、何かと目立つよな。まずいことになるかもしれないとは考えなかったのか？」

多門は灰皿の底で、ロングピースの火を揉み消した。

「そのことは少し考えたわ。でも、知名度の高い彼女が出演交渉してくれれば、広瀬真紀は話に乗ってくるだろうと踏んだのよ」

「なるほどな。ところで、〝やらせ〟の目的は単なる視聴率稼ぎじゃないんだろう？」

「えっ、どういう意味なの？」

「そっちは、番組でM子のパトロンが聖順女子学院の小谷理事長だということを明らかに仄《ほの》めかしてる」

「そのことは、番組がオンエアされてから気がついたの」

千秋が言った。

「どういうことなんだ。インタビューの構成台本は、そっちが書いたんだろうが！」

「ええ。でも、その構成台本を上司に読んでもらったの」

「上司って誰なんだ？」

「唐沢さんよ」

「プロデューサーが手直ししたのか」

「ええ、そうよ。もっとリアリティーを出したほうがいいって言って、彼が改稿したの。そのときは別に深く考えなかったけど、番組の放送後、M子のコメントでパトロンが聖順女子学院の理事長だと思う視聴者が少なくないかもしれないと少し不安になったわ」

「そのことを唐沢に言ったのか？」

「何度か言おうと思ったけど、別に固有名詞を出したわけじゃないので、訴訟を起こされるようなことにはならないだろうと甘く考えて、結局は彼には何も……」

「唐沢は意図的にパトロンが小谷武徳だと視聴者に思わせたにちがいない」

多門は言った。

「ええっ」

「そっちは察しがついたはずだ。いまさら、とぼけることはない」

「確かに、察しはついてたわ。でも、どう考えても、そんなことをする理由がわからなかったの。唐沢さんは、小谷理事長とは会ったこともないはずよ。聖順女子学院の教職員にも、知り合いはいないと思うわ。彼は間接的な恨みでもあったのかしら？」

千秋が体ごと椅子を回し、多門に顔を向けてきた。芝居を打っているようには見えなかった。愁《うれ》いを帯びた顔が、男の保護本能を搔き立てる。

唐沢は自分に惚れている千秋を悪巧《わるだく》みに利用したのではないか。多門は、そんな気がした。

「どう思います？」

「何とも言えないな。妙なことを訊くが、最近、唐沢とはうまくいってるのか？」

「ええ」

「そう思ってるのは、そっちだけかもしれないぞ」

「なぜ、そんなことが言えるの？」

「〝やらせ〟の一件が表沙汰になったら、そっちは当然、番組から外されるだろう。制作局から、事務職部門に飛ばされるかもしれない。いや、馘首《クビ》にされるな。惚れてる女に、危ない橋を渡らせるような真似《まね》をするか?」

「唐沢さんも、彼も何とか担当番組の視聴率を上げたいんでしょうね。だから、必死だったんだと思うわ」

千秋が不倫相手を庇《かば》った。

「そうだとしても、そっちに対する愛情が感じられない。唐沢がそっちにディレクターをつづけさせたいと考えてたら、まず〝やらせ〟に反対するんじゃないのか。しかし、反対するどころか、そっちが書いた構成台本に際どい加筆をしたよな?」

「ええ」

「そっちのことをかけがえのない女性と思ってたら、とてもそんなことはできないだろう。少なくとも、おれにはできないな、そんな真似は」

「………」

「残酷な言い方になるが、唐沢はそっちにもう愛情を感じてないんじゃないか」

多門は胸に痛みを覚えながら、ずばりと言った。千秋が腰を捻《ひね》り、また横を向いた。

「確かに余計なお世話だよな。でも、そっちが妻子持ちの中年男に玩具《おもちゃ》にされることはないよ」

「わたしを小娘扱いしないでちょうだい!」

「そっちは一人前のレディーさ。だから、つまらねえ恋愛なんかで自分を台なしにしないでもらいたいんだよ」

「自分の生き方は自分で決めるわ」

「それがベストだな。しかし、なんだか危なっかしいんだよ」

多門は言って、またもや煙草をくわえた。

千秋は、むっとした顔で押し黙っていた。

「わかったよ。唐沢とそっちの仲については、もう何も言わない」

「あなたにとやかく言われたくないわ」

「そうだよな。そっちは自立した女性だ。よし、話題を変えよう。藤原は、〝やらせ〟を見抜いてたんだよ」

「本当なの⁉」

「ああ。しかも、小谷が貶められたことまで感じ取ってた。それで藤原は、わざわざ小谷に会いに行ったんだ。藤原は、日東テレビの〝やらせ〟を知ったことで、若死したんだろう」

「うちの局の誰かが、藤原さんを殺したというの⁉」

「その可能性は高い。もちろん、直《じか》に手を汚したのは殺し屋《プロ》だろうがな」

「いくら何でも殺人だなんて……」

「藤原が〝やらせ〟を新聞で暴《あば》いたら、番組制作に関わったスタッフは社会的に葬《ほうむ》られることになる。そうなれば、誰もがテレビ業界では生きられない。プロデューサーの唐沢は、もう四十代だ。別の職業で一からやり直すにゃ、厳しい年齢だよな」

多門は言った。

「唐沢さんが誰かを使って、藤原さんを殺害させたなんていうんじゃないでしょうね？」

「そこまでやる度胸はないだろう。おれは、唐沢の後ろで糸を操《あやつ》ってる人間がいると思ってる。誰か思い当たる人物はいないか？」

「いないわ」

「そっち以上に、唐沢は番組の打ち切りを恐れてたにちがいない。番組の打ち切りは、制作局長が決めてるのか？」

「ううん、そうじゃないわ。制作局長、編成局長、営業局長の三人が検討して、最終判断は常務が下《くだ》してるのよ」

「そうか。それはそうと、唐沢はまだ局内にいる？」

「いると思うけど、彼をどうする気なの⁉」

千秋が椅子から立ち上がった。

「ちょっと確かめたいことがあるんだよ。屋上で待ってるから、すぐに唐沢に来るように言ってくれないか」

「断ったら、〝やらせ〟のことを表沙汰にする気なのね？」

「気が進まないが、そういうことになるだろうな」

「わかったわ。でも、わたしを立ち会わせてほしいの」

「なぜだ？」

「わたしがいなかったら、あなた、彼に乱暴なことをするつもりなんでしょ？」

「手は出さないよ。こっちには切札があるからな」

多門は馬場の証言音声を掌《てのひら》の上で弾《はず》ませ、すっくと立ち上がった。

「手荒なことはしないって約束してくれる？」

「ああ」

「ちょっと子供じみてるけど、拳万《げんまん》して」

千秋が照れた顔で言って、右手の小指を差し出した。嚙みたくなるような愛らしい小指だった。

「おれは女性に嘘はつかない主義なんだ。先に屋上に行ってる」

多門はビデオ編集室を出た。三階だった。エレベーターで屋上まで上がる。局の建物は十三階建てだった。

屋上には寒風が吹いていた。

眼下に街の灯《ひ》が拡《ひろ》がっている。八時を回っていた。

屋上には、まったく人影がなかった。猛烈な寒さだ。多門は給水タンクに身を寄せ、足踏みをしはじめた。

吐く息は、たちまち綿菓子のように固まった。体の芯まで凍《こご》えそうだ。

千秋のマンションに唐沢を呼びつけるべきだったか。

多門は、ちらりと思った。しかし、千秋との約束を破るわけにはいかない。唐沢が逆上しない限り、手を出すつもりはなかった。

五分ほど待つと、スリーピース姿の唐沢淳一がやってきた。向き合うなり、彼が先に口を開いた。

「馬場の声の入った録音音声をいくらで譲《ゆず》ってくれる？」

「メモリーを売る気はない」

多門は素っ気なく答えた。

「できるだけの金は工面《くめん》するよ。だから、なんとかＩＣレコーダーのメモリーを……」

「十億円くれるんだったら、考えてもいいな」

「しょ、正気なのか⁉」

「メモリーは売らねえよ。おれは、ケチな恐喝屋じゃないからな」

「何が狙いなんだ?」

唐沢が訊いた。

「小谷のイメージダウンを企《たくら》んだ理由を知りてえんだよ。それから、あんたの背後にいる奴の名前も教えてもらいたいな」

「わたしは正体不明の脅迫者に小谷氏を貶《おとし》めろと命じられたんだよ。それで仕方なく、千秋、いや、矢吹ディレクターの〝やらせインタビュー〟にちょっとした細工をしたんだ」

「正体不明の脅迫者だと?」

「そう。何者かが矢吹ディレクターとわたしの密会写真を送りつけてきて、何らかの方法で小谷氏をテレビで誹謗《ひぼう》しろと脅迫してきたんだよ。命令に逆《さか》らったら、わたしの家庭を破壊してやると……」

「もう少し説得力のある作り話を考えろよ」

多門は鼻を鳴らした。

「作り話なんかじゃない。わたしは自分の家庭を壊されたくなかったので、やむなく脅迫者の言いなりになってしまった」

「あんたは部下で愛人の矢吹千秋よりも、妻子のほうが大事だったんだ。早い話、千秋とのことは遊びだったんだろう？」

「遊びなんかじゃなかったんだ。彼女を本気で愛してた。しかし、妻や子を棄てることはできなかった。千秋も、そのことはわかってくれてたんだよ。彼女は結婚なんて形態には捉《とら》われない女性だから」

「てめえの都合のいいように考えやがって。確かに矢吹千秋は、結婚なんか望んじゃいないかもしれない。しかしな、自分の好きな男が妻の許《もと》に帰っていくのを見るのは辛《つら》かったはずだ」

「それはそうだろうね」

「妻子を棄てるだけの覚悟がない野郎が、独身女性に手なんか出すんじゃねえ。手を出したんだったら、きちんとけじめをつけやがれ！」

「…………」

唐沢は険《けわ》しい顔で、風に乱れた髪を掻き上げた。

「矢吹千秋と別れろ！」

「なんの権利があって、きみはそこまで言うんだっ」

「おれは、この世にいる女性たち全部に幸せになってもらいてえんだ」

「彼女と別れたら、馬場の証言音声を譲ってもらえるのか？　そういうことなら、そうしてもいいよ」

「ついに本性を出しやがったな。やっぱり、そっちにとって、矢吹千秋は戯《たわむ》れの相手にすぎなかった」

「わたしだけを責めるのはやめてほしいな。彼女だって恋愛感情だけで、わたしと深い仲になったわけじゃないだろう。下心も思惑《おもわく》もあったにちがいない」

「下心？」

多門は訊き返した。

「ああ、そうだ。女性ディレクターが、あの若さで自分の番組を持つケースは稀《まれ》なんだよ。わたしが根回ししてあげたから、制作現場の頭《あたま》になれたのさ」

「そうだったとしても、そっちが彼女を非難できる立場かっ。てめえは男の屑《くず》だ」

「きみにそこまで言われたくないな」

急に唐沢が気色《けしき》ばみ、右腕を翻《ひるがえ》した。

多門はフックを左腕で払い、唐沢の顔面に右のストレートをぶち込んだ。パンチは眉間に入った。唐沢が後ろに倒れた。多門は唐沢を摑み起こし、跳ね腰で投げ飛ばした。

唐沢は倒れた瞬間、長く呻いた。

「てめえのバックには、誰がいるんだっ」

「そんな人間はいない。さっき言ったように、正体のわからない男がわたしのスキャンダルをちらつかせて、小谷武徳のイメージをダウンさせろと脅してきたんだ」

「そんな言い逃れを信じるほど甘かない。小谷を貶《おと》しめろって言ったのは誰なんだっ。そいつを言わなきゃ、〝やらせ〟の事実を知り合いの週刊誌記者に教えるぞ」

「どうして、わたしの話を信じてくれないいんだっ。わたしも被害者なんだよ」

「被害者だと？　ふざけるな。てめえは誰かと共謀して、小谷を貶めたんだろうが！　そのことに気づいた毎朝タイムズの藤原孝道を殺し屋に始末させたんだろ、北京マフィアの犯行に見せかけてな。それから、〝やらせ〟に協力した広瀬真紀も殺《や》らせたにちがいない」

「わたしは誰とも組んでないよ」

「お、おめは、こ、このおれさ、なめてんのけ？　上等でねえか。内臓さ、ち、血袋にしてくれっど」

多門は激昂《げっこう》し、標準語で喋れなくなった。

「それは岩手弁だね。妻の父親は盛岡出身なんだよ。それぞれの先祖をたどれば、どこかで縁があるんじゃないのかな」

「だがら、な、な、なんだというんだ?」

「争いはやめないか?」

唐沢が肘《ひじ》を使って、半身を起こした。

「ば、ばがたれが!」

「え?」

「そ、そげなことは、か、か、関係ねえべ。心さ腐った人間なら、おれは、たとえ従兄《いとこ》でも赦《ゆる》さねど」

多門は、太くて長い脚で唐沢の腹を蹴りはじめた。唐沢は怯《おび》えたアルマジロのように体を竦め、呻きつづけた。

「く、黒幕の名さ、は、早《はや》ぐ言うべし!」

「そんな奴はいないよ」

「録音音声のメモリーさ、しゅ、週刊誌の記者に渡してもいいのけ?」

「そ、それは困る。千秋とはきっぱり別れるから、メモリーを譲ってくれないか。頼むよ。〝やらせ〟が表沙汰になったら、身の破滅だ」

「や、や、矢吹千秋とは別れるべし！」

「わかったよ。その代わり、メモリーは貰えるんだな？」

「ボスの名さ言わねば、く、くれてやらね」

多門は左目を眇《すが》め、また交互に蹴りを放った。いつしか体が温かくなっていた。

唐沢が血反吐《ちへど》を撒《ま》き散らしはじめたとき、給水塔の陰から誰かが飛び出してきた。

多門は、いくらか緊張した。駆け寄ってくるのは美人ディレクターだった。

「乱暴はしないって約束だったでしょ！」

「唐沢が先に手を出したんだよ」

多門は標準語で言い返した。

「嘘でしょ？」

「本当さ。唐沢は馬場の証言音声が欲しくて、殴りかかってきたんだ」

「とにかく、手荒なことはやめてちょうだい」

千秋が多門の前に立ち、両手で胸板を押してきた。多門は逆《さか》らわなかった。

「大丈夫？」

千秋がそう声をかけながら、唐沢を抱え起こした。すぐにハンカチを取り出し、血で汚れた口許を拭《ぬぐ》ってやった。

「そんな野郎に優しくしてやることはない。そいつは証言音声欲しさに、そっちと別れると言った」

「そんなこと……」

「信じられないか。なら、唐沢に訊いてみな」

多門は言って、ポケットを探った。煙草とライターを取り出す。

「いまの話、事実なの？」

千秋が恐る恐る唐沢に訊く。

「証言音声がマスコミの人間に渡ったら、きみもわたしも破滅だよ。二度とテレビの世界には戻れなくなる」

「あなたがそばにいてくれるなら、わたしは別の仕事で再出発してもいいわ」

「きみはそれでいいだろうが、わたしは根っからのテレビマンなんだ。別の世界じゃ生きられないよ」

唐沢が言った。

「つまり、わたしよりも仕事を選ぶってことね？」

「済まない。きみとは、ずっとうまくやっていきたかったんだが……」

「そう、わかったわ。あなたがそうしたいと言うなら、この際、別れましょう」

「辛いよ、とっても」

「わたしのほうが、もっと辛いわ」

千秋は言いざま、唐沢の頬に平手打ちを浴びせた。唐沢は何も言わなかった。

何か二人だけで話したいことがあるだろう。唐沢を泳がせて、共謀者を突きとめることにした。多門は煙草とライターをポケットに戻し、二人に背を向けた。

すると、唐沢が焦《あせ》った声で言った。

「証言音声のメモリー、二千万で売ってくれないか。わたしは、テレビの世界でしか生きられないんだ。だから、お願いだよ」

「どこまでも身勝手な野郎だな。明日から、職探しをするんだなっ」

多門は言い捨て、大股で歩きだした。

4

唐沢の車が停まった。

代々木《よよぎ》公園の外周路だ。青少年総合センターの裏手である。

多門もボルボを路肩《ろかた》に寄せた。

午後十時半を過ぎていた。日東テレビから、唐沢を尾《つ》けてきたのである。多門は、唐沢が誰かと接触するかもしれないと考えたのだ。

唐沢が灰色のメルセデス・ベンツから降り、ゆっくりと森の中に入っていった。やはり、誰かと会うことになっているらしい。

多門もボルボから出た。

周囲をうかがう。気になる人影は見当たらなかった。公園の中に足を踏み入れる。

唐沢は奥に向かっていた。多門は少しずつ唐沢との距離を縮めた。唐沢が遊歩道にたたずみ、煙草をくわえた。

ライターの炎が闇の一点を明るませた。数秒後、唐沢の体が弾《はじ》き飛ばされた。

銃声は聞こえなかったが、被弾したことは明らかだった。

多門は目を凝《こ》らした。

動く人影は見えない。銃口炎《マズル・フラッシュ》も瞬《またた》かなかった。多門は身を屈《かが》めながら、倒れた唐沢に近づいた。

唐沢は左胸を撃たれていた。心臓をわずかに外れている。虫の息だった。

「おい、しっかりしろ。共犯者は誰なんだ?」

「裏切りだ……」

「誰に裏切られた。え？」

「くそっ」

「あんたを消そうとした仲間の名を言ってくれ！」

多門は唐沢の肩を揺さぶった。

唐沢が弱々しい声で何か言った。だが、その声は聴こえなかった。

多門は片膝をついて、唐沢の口許に耳を近づけた。ちょうどそのとき、右耳の近くを凄まじい衝撃波が走った。

銃弾が掠《かす》めたのだ。多門は一瞬、聴覚を失った。数メートル先の太い樹木に銃弾がめり込む音がした。

多門は屈《かが》んだまま、体の向きを変えた。

次の瞬間、十数メートル先の暗がりで赤い光が爆《は》ぜた。消音器から洩れた銃口炎だ。

取っ捕まえてやる！　多門は中腰で、狙撃者のいる方向に走った。

すぐに四弾目が放たれた。銃弾は多門の足許の土塊《つちくれ》を飛散させた。多門は左に跳《と》んだ。

すかさず五弾目が疾駆《しっく》してきた。

多門は肩から転がった。一回転して、素早く起き上がる。多門は羆《ひぐま》のように這《は》いながら、敵の右側に大きく回り込んだ。

点のような銃口炎は閃《ひらめ》かない。弾倉《マガジン》が空になったのか。それとも、残弾を有効に使う気になったのだろうか。

多門は敵のシルエットに目を当てたまま、手探《さぐ》りした。指先に小石が触《ふ》れた。それを拾い上げ、狙撃者に投げつける。

間を置かず、六弾目が放たれた。多門は横に逃げた。銃弾は数メートル離れた場所に着弾した。跳弾《ちょうだん》が後方に消えた。

弾倉を引き抜く音が小さく響いた。予備の弾倉を銃把に叩き込む前に勝負をつけなければならない。多門は勢いよく地を蹴った。

敵のいる所まで、あと五、六メートルだ。

走りだした直後、横から何かが飛んできた。銃弾ではない。吹き矢《ブロウガン》だった。的《まと》から大きく逸《そ》れていた。矢の先には猛毒か、痺《しび》れ薬が塗られているのではないか。

多門はブロウガンを使った敵のいる場所を目で確かめた。

十メートル近く離れた所に、黒々とした人影が見える。体つきから察して男であることは明白だが、顔かたちは判然としない。

羅《ロー》から奪ったオーストリア製の拳銃を持ってくるべきだった。だが、もう遅い。

多門は二人の敵の動きが同時にわかる位置に留《とど》まった。

右手前方から、また銃弾が襲ってきた。数秒後、左横から吹き矢《ブロウガン》の矢が放たれた。どちらも当たらなかったが、じっとしていては危険だ。

多門は横にいる敵を先に片づける気になった。

いったん後退する振りをして、ブロウガンの使い手に向かって走った。巨体だが、動きは速《はや》い。意表を衝《つ》かれた相手が一瞬、たじろいだ。矢筒《やづつ》にダーツを詰め込むのに、手間取っている様子だった。

多門は一気に走り寄って、相手の腰にタックルした。

引き倒し、顎《あご》を蹴り上げる。男が呻いて、後頭部を地べたに打ちつけた。

多門は男の後ろに回り込み、羽交《はが》いじめにした。

そのまま男を立たせる。男が後ろ蹴りを放ってきた。多門は膝頭で、相手の尾骶骨《びていこつ》を思うさま蹴った。骨が硬い音をたてた。

「ううっ」

男が沈み込みそうになった。多門は男を抱え上げた。

「弾避《よ》けになってもらうぜ」

「くそったれめ！」

「くそは、てめえだっ。仲間は唐沢を撃《ハジ》いた奴だけか？」

「さあな」

「てめえら、誰に雇われた？」

「そんなこと言えるかよ」

男がせせら笑った。

「毎朝タイムズの藤原と真紀って女子高生を殺《や》ったのも、てめえらの仲間だなっ」

「なんのことか、おれにはわからねえな」

「いつもキャップを被ってる三十前後の男は、どこに潜《ひそ》んでやがるんだ。あいつが、てめえらのリーダーなんだろっ」

「誰のことを言ってるんだ？」

「とぼけやがって。歩け！」

多門は男の尻を蹴った。

男が足を踏み出した。多門は男を楯《たて》にして、もうひとりの敵に迫った。

唐沢を撃った男は発砲してこない。困惑気味に突っ立っている。

「武器を捨てろ！」

多門は大声を張り上げた。男は命令に従おうとしない。

「仲間の首をへし折ってもいいんだなっ」

「……………」

「そうかい。なら、こいつから死んでもらおう」

多門は、弾避けの男を立ち止まらせた。

そのとき、小さな赤い炎がたてつづけに二度明滅《めいめつ》した。

仲間を撃つ気なのだろう。多門はそう直感し、楯にした男から離れた。

吹き矢を放った男が二度声をあげ、横に倒れた。夜気《やき》に血の臭いが混じった。頭と腹を撃たれた男は微動だにしない。もう生きてはいないだろう。

多門は狙撃者に向かって、一歩一歩進んだ。

男は撃つ姿勢を見せたが、急に身を翻《ひるがえ》した。多門は迫った。男は樹木の中に紛《まぎ》れ込み、じきに見えなくなった。

すぐに多門は唐沢のいる場所に駆け戻った。

だが、すでに唐沢は息絶えていた。多門は、仲間に撃たれた男の倒れている所に急いだ。ライターを点ける。

やはり、男は死んでいた。二十六、七歳だろうか。筋者《すじもの》ではなさそうだが、どことなく荒《すさ》んだ感じだ。多門は、男のポケットをすべて検《あらた》めてみた。しかし、身許がわかるような物は何も所持していなかった。

ひとまず姿を消そう。多門は代々木公園を走り出た。

幸い、あたりには誰もいなかった。ボルボを慌《あわ》ただしく発進させる。

小田急線の参宮橋《さんぐうばし》駅を通過したとき、杉浦から電話がかかってきた。

「連絡が遅くなって済まねえ。小谷の弱みがなかなか摑めなくてな」

「そうだったのか。おれのほうも、なかなか事件の真相に迫れないんだ」

多門は、その後の経過を順序だてて話した。

「唐沢を泳がせたのは、まずかったな。矢吹千秋とかいう美人ディレクターを追っ払って、屋上で唐沢をとことん痛めつけておくべきだったんじゃねえのか」

「そうなのかもしれないが、千秋との約束があったからね」

「クマは女に甘えからなあ。それはそうと、ちょっと面白い話を聞き込んできたぜ」

「どんな話？」

「だいぶ前、新宿駅南口前に『倉島屋《くらしまや》』が新しい店を出したよな？」

杉浦が言った。

「ああ。地上十四階の本館の中に、新宿最大のレストラン街やシアターがあるね。そのデパートが、どうしたんだい？」

「倉島屋新宿南口店の敷地の約八割は、八年前まで小谷武徳のものだったんだよ。四年制女子大のキャンパス用地として、小谷が十年以上前から買収してたらしいんだ。ところが、その土地は八年前に倉島屋に転売されてるんだよ」

「駅前にキャンパス用地を確保することは難しいと、土地の買収を途中で諦《あきら》めたんだろうか」

「そのへんのことはわからねえんだが、ちょっと気になることがあるんだ」

「どんなこと？」

多門はボルボを道の端に停めた。

「ああ。倉島屋新宿南口店の主体建設工事を請け負ったのは、大手ゼネコンの明日香《あすか》建設なんだよ」

「それが何だって言うの？」

「クマ、しっかりしろや。日東テレビの問題のドキュメンタリー番組の主力スポンサーはどこだい？」

「あっ、明日香建設だったな。そういうことだったのか！」

「そうなんだよ。単なる偶然とは思えねえんで、土地の売買を扱った都光《とこう》不動産の社員から詳しい情報を集めたんだ」

「で、何がわかったの？」

「都光不動産は倉島屋の依頼を受けて、小谷にキャンパス用地を手放す気はないかと話を持ちかけたらしいんだ。しかし、けんもほろろだったそうだ。相場の地価のほぼ五割増しの数字を提示したらしいんだがな」

「そんな小谷が、なぜ急にキャンパス用地を売却する気になったのか。倉島屋か都光不動産が凄腕の地上げ屋でも使って、小谷に脅しをかけたのかな」

多門は言った。

「おれもそう思ったんだが、地上げ屋が暗躍した気配はないんだよ。しかも驚いたことに、小谷は相場をやや下回る値でキャンパス用地を売ってる」

「学校経営がうまくいかなくなったのかな？」

「いや、それが順調なんだよ。ほとんど負債はなかった。それなのに、わざわざ相場よりも安く売るばかがいるかい？」

「何か裏があるんだな」

「小谷は何らかの弱みがあって、キャンパス用地を手放さざるを得ない状況に追い込まれたんじゃねえのか。で、やむなくキャンパス用地を安値で譲った」

杉浦が言った。

「小谷は倉島屋に何か致命的な弱みを握られて、土地の売却を強要されたのかな」

「超一流のデパートが、そこまで悪どいことはしないと思うがね」

「杉さん、わからないぜ。デパートに限らず、大企業も裏じゃ、いろいろ汚《きたね》えことをやってるじゃないか。新宿の南口に新しい店をオープンさせたいと思ってりゃ、ダミーを使って荒っぽいことをするんじゃないの？」

「それも考えられなくはないが、事が発覚したときは大変なことになる。老舗《しにせ》デパートの一つに数えられる倉島屋がそこまではやらないだろう」

「そうだろうね。杉さん、こうは考えられない？」

多門はいったん言葉を切って、すぐに言い継《つ》いだ。

「明日香建設がデパート進出用地の確保に奔走して、その見返りとして、主体建設工事の受注を得た。総工費は巨額だろうから、主体建設工事を請け負えば、相当な儲《もう》けになるはずだ」

「クマ、冴《さ》えてるじゃねえか。その線はあり得るな。明日香建設は談合の音頭取りや公共工事の手抜きをマスコミにさんざん叩かれて、八年ぐらい前から受注量が減ってる」

「なら、臭《くせ》えな」

「ああ。ただ、日東テレビの〝やらせ〟に明日香建設が絡んでるのかどうかだ」

「そのあたりは何とも言えないが、小谷が土地売買に関する不正行為を告発しようとしたんじゃねえのかな」

「いまごろになって、なぜ告発する気になった？」

「威《おど》しに屈《くっ》してキャンパス用地を安く売らされた当初は、自分の弱みを暴《あば》かれずに済んだと、ひとまず安堵した。しかし、日が経《た》つにつれ、だんだん腹立たしさが募《つの》ってきた。そういうことは、あるんじゃないの？」

「それで小谷は開き直って、八年前のことを告発する気になったってわけか？」

杉浦が確かめる口調で言った。

「もしかしたらね。あるいは、小谷は理事会に突き上げられて、渋々ながら告発する気になったのかもしれないな」

「話はわかるが、それまでは小谷は告発する気はなかったってことになるな」

「告発できない理由があったんじゃないのかね」

「なるほど。ところで、〝やらせ〟は、どういうことになるんだい？　クマ、どう筋を読んでる？」

「そいつの謎解きができてないんだ。ひょっとしたら、小谷を貶《おとし》める〝やらせ〟は一種の警告とも考えられるね」

「警告か」

「そう。小谷に八年前のことを告発したら、とんでもないことになるぞという警告だったんじゃねえのかな」

「それ、考えられるぜ。クマの推測が正しいとしたら、明日香建設は日東テレビにかなりの発言力を持ってるな。いろんな番組の提供者ってことだけじゃなく、局の偉いさんと深い繋がりがありそうだ」

「そうなのかもしれないな。番組のディレクターやプロデューサーのレベルで勝手に〝やらせ〟ができるほどチェックはずさんじゃないだろうから」

「会社ぐるみの〝やらせ〟じゃないにしろ、ある程度のポストに就《つ》いてる奴がゴーサインを出したんだろう。クマは、そのあたりのことを探《さぐ》ってみてくれや。おれは引きつづき、小谷のことを調べてみらあ。もちろん、後で十万払ってもらうぜ」

「了解！」

多門は電話を切った。

そのとき、ふと矢吹千秋のことが気になった。唐沢に棄てられ、打ち沈んでいるのではないか。多門は千秋のマンションに電話をかけた。

受話器はなかなか外れない。傷心を抱え、どこかの酒場で飲んでいるのか。

電話を切りかけたとき、千秋が電話口に出た。酔いの回った声だった。

「多門だよ。辛い思いをさせちまったな」

「もう終わったことよ」

「ひとりで飲んでるのか？」

「そう。悪い？」

「いや、別に」

「ご用件は？」

「そっちのことが気になったんだよ」

多門は一瞬、唐沢が少し前に殺されたことを口走りそうになった。しかし、それを話すことはためらわれた。

千秋に背を向けた男とはいえ、まだ未練心が燃えくすぶっているにちがいない。唐沢がもうこの世にいないと知ったら、別の悲しみに心は領されるだろう。

「優しいのね、意外に」

「意外に、か」

「だって、あなた、どことなくアウトローっぽくて怖《こわ》い感じだから」

「あんまり深酒しないほうがいいぞ。気が滅入ってるときは、独《ひと》り酒《ざけ》はよくない。ほどほどにすべきだな」

「だったら、つき合ってよ」

千秋が言った。

「冗談だろ⁉」

「迷惑じゃなかったら、わたしの部屋で一緒に飲んでくれない？　里織を誘おうと思ったんだけど、後輩の社員に惨《みじ》めな姿を見せたくないの」

「オーケー！　これから、そっちのマンションに行くよ。いま、参宮橋《さんぐうばし》の近くにいるんだ。白金台まで三十分もかからないだろう」

多門は電話を切ると、すぐにボルボをスタートさせた。

思いがけない誘いだった。むろん、悪い気持ちはしない。

多門は徐々に加速しはじめた。

第五章　強欲な陰謀

1

寝具が動いた。

ベッドマットも小さく弾《はず》んだ。多門は目を覚ました。千秋が寝返りを打ったらしい。白い肩を見せ、部屋の主はかすかな寝息を刻《きざ》んでいる。

千秋の自宅マンションの寝室だ。

二人は全裸だった。多門は、美人ディレクターと同じベッドに横たわっていることが何か信じられなかった。

夢のような一夜だった。

昨夜この部屋を訪れたとき、千秋はだいぶ酔っていた。多門は早々に引き揚げるつもりだった。しかし、千秋はそれを許さなかった。多門にシングルモルト・ウイスキーのロックを何杯も勧《すす》め、自《みずか》らもグラスを重ねた。

二人は夜が明けるまで飲みつづけた。

千秋は、すっかり足を取られていた。多門は千秋を両腕で捧《ささ》げ持ち、寝室のダブルベッドに運んだ。羽毛《うもう》蒲団と毛布を掛けてやったとき、千秋が抱き縋《すが》ってきた。多門は千秋を両腕で抱き締めてやった。

二人は一分ほど、ただ抱き合っていた。

多門は千秋の額《ひたい》に軽く唇を押し当てた。お寝《やす》みのキスのつもりだった。しかし、それでは物足りなかった。多門は唇を重ねた。千秋は拒《こば》まなかった。二人は互いに唇をついばみ合い、舌を絡《から》めた。

濃厚なくちづけが、二人の官能に火を点《つ》けた。

多門は千秋の上に覆い被さり、衣服をゆっくりと脱がせた。千秋も多門の服を一枚ずつ剝《は》いでいった。多門は千秋の裸身を見た瞬間、思わず感嘆の声をあげた。

完璧なまでに均斉《きんせい》のとれた肢体《したい》だった。染み一つない肌は、白磁器のように美しかった。眩《まばゆ》いほどだった。

二人は恣《ほしいまま》に振る舞い、体を繋いだ。体位《ラーゲ》を幾度も変えた。

千秋は何度も昇りつめた。そのつど愉悦の声を嫋々《じょうじょう》とあげ、裸身を妖しくくねらせた。刺激的な反応だった。

多門はそそられ、ダイナミックに動いた。

ベッドは軋《きし》み通しだった。果てた瞬間、脳天が痺《しび》れた。ペニスは繰り返し嘶《いな》ないた。

その途中で、千秋は最後の極みに駆け昇った。彼女は胎児のように体を丸めた。

多門は搾《しぼ》り上げられ、思わず声を洩らした。

千秋の体の奥は、まるで心臓のように脈打っていた。快感の証《あかし》だ。

二人は交接したまま、しばらく動かなかった。

余韻は深かった。結合を解《と》くと、千秋はすぐ眠りに落ちた。

多門は千秋の肩口にそっと唇を当て、ナイトテーブルの上の腕時計を覗き込んだ。間もなく正午になる。

千秋が小さく唸って、身じろぎをした。

「起こしてしまったな」

「ううん、いいの」

「そっちは最高だったよ」

多門は千秋の体の向きを変えさせ、片腕を彼女の肩に回した。

「酔っ払って、だいぶ見苦しいところを見せちゃったんじゃない？」

「そんなことはなかったよ」

「わたしって悪い女ね」

「悪い女？」

「ええ、そう。自分ひとりじゃ気持ちの整理がつけられなくって、あなたをあんな形で巻き込んじゃったんですもの。厭《いや》な女よね？」

「おれは嬉しかったよ」

「本当に？」

千秋が上目遣《うわめづか》いに多門の顔を見た。

「ああ。おれは魅力のある女性と一夜を過ごせただけで、すごくハッピーだよ」

「そう思ってくれてるんだったら、少し気持ちが楽になるわ」

「実は昨夜《ゆうべ》、言いそびれてしまったことがあるんだ」

「なんのこと？」

「きのう、唐沢がおれの目の前で撃ち殺されたんだよ」

多門は一息に言った。

千秋が驚きの声を発し、黙り込んでしまった。ショックは隠せない。

多門は千秋を抱き寄せ、前夜の出来事を詳しく喋った。千秋は、ただ黙って聴いていた。

「泣きたかったら、泣いてもいいんだぞ」

「驚いただけよ」

「辛いことがつづくな」

「慰めてくれなくてもいいの。もう彼とのことは終わったんだし。唐沢さんの死を悼《いた》む気持ちはあるけど、そのほかの感情は……」

「無理するなって。おれに遠慮することはない。もっと素直になれよ。な？」

多門は優しく諭《さと》した。

少し経つと、千秋が悲鳴のような嗚咽《おえつ》を放った。多門は赤児《あかご》をあやすような気持ちで、千秋の背中を無言で軽く叩きつづけた。

千秋は多門の胸に顔を埋めて、泣きじゃくった。落ちた涙は熱かった。

多門は両手で千秋を強く抱き締めた。数分経《た》つと、千秋の啜《すす》り泣きが熄《や》んだ。

「唐沢に刺客《しかく》を向けたのは、日東テレビの上役かもしれないな」

「そんなこと……」

「信じられないかもしれないが、おそらくそうなんだろう。唐沢は自分の考えだけで、そっちが書いたインタビューの構成台本に加筆したんじゃないと思うよ」

「彼の背後に、誰がいたって言うの？」

「そいつが見えてこないんだ。そこで、ヒントを与えてほしいんだよ。唐沢を目にかけてた上役は？」

多門は天井を見ながら、そう問いかけた。

「制作局長の薬師寺《やくしじ》雄輔《ゆうすけ》にはかわいがられてたわ」

「どんな男なのかな？」

「局内では、遣《や》り手で通ってるわ。いま五十一だけど、四十六歳のときに制作局長になったの」

「そいつは、たいしたもんだ。スピード出世するぐらいだから、仕事はできる男なんだろうな」

「ええ。低迷してる番組があると、番組スタッフや脚本家を総入れ替えしてでも、力業《ちからわざ》で視聴率を上げてきたの。それもドラマだけじゃなく、バラエティー、ドキュメンタリー、ワイドショーとすべての番組をね」

「その薬師寺って局長は時代を的確に読み、大衆が求めてるものを知ってるんだろう」

「ええ、そうなんだと思うわ。それだけに自信家で、他人のミスには目をつぶれないタイプなの」

千秋が言った。

「それじゃ、部下たちは年中、怒鳴られてるんだ？」

「そうね。わたしも数えきれないほど叱られたわ」

「唐沢は、めったに怒鳴られなかった？」

「ええ。唐沢さんは薬師寺局長が現場のディレクターだったころ、直属の部下だったのよ。彼は頭の回転が速いから、薬師寺さんを苛々《いらいら》させるようなことはなかったらしいわ。それで、薬師寺局長に気に入られたんでしょうね」

「そうなんだろうな」

「でも、唐沢さんは局長の腰巾着《こしぎんちゃく》とか茶坊主という感じじゃなかったわ。会議の席で、薬師寺局長の意見に堂々と反論するようなこともあったし」

「上役だって、ばかじゃない。単なるイエスマンの部下どもなんか内心じゃ、軽蔑してるはずだ。気骨のある部下じゃなきゃ、目をかける気にもならないだろう」

「そうでしょうね」

「唐沢と薬師寺は公私ともに親しかったのか？」

多門は訊いた。

「ええ、そうね。よく二人で銀座《ぎんざ》や赤坂のクラブに飲みに行ってたし、ゴルフも一緒にプレイしてたわ」

「ふうん。薬師寺は明日香建設の誰かと親しくしてないか？」

「笹恭吾《ささきょうご》専務とは親しいわ。笹専務は、薬師寺局長の大学の先輩なの。年齢は五つ違うんだけど、同じラグビー部にいたってこともあって、何かと波長が合ったようね」

「そっちの番組の主力スポンサーは明日香建設だったよな？」

「ええ。局長が笹専務に頼んで、番組の提供主になってもらったの。地味なドキュメンタリー番組だから、一流企業はあまりスポンサーになってくれないのよ。わたしにとっては、ありがたい会社だわ」

千秋が答えた。

「そっちの上司のプロデューサーだった唐沢にしても、同じ気持ちだったんだろうな」

「ええ、そうだったと思うわ」

「そういう意味では、日東テレビは明日香建設に借りがあったわけだ。明日香建設が多少のわがままを言っても、日東テレビは聞き入れるだろうな」

「多門さん、明日香建設が薬師寺局長に聖順女子学院の小谷理事長を電波を使って貶《おとし》めてくれと言ってきたとでも……」

「そう考えたくなるようなことがあるんだよ」

多門は、八年前の不可解な土地売却のことを話した。

「確かに小谷理事長が急にキャンパス用地を手放す気になったことは変だけど、売却を強要したのが明日香建設かもしれないという話には飛躍がありすぎるんじゃない？　第一、その推測には裏付けらしい裏付けもないわけでしょ？」

「ああ。しかし、こっちはそうじゃないかと睨んでる。ただの勘といえば、勘だがね」

「いくら何でも明日香建設が主体工事を受注したかったとしても、そんなマフィアめいたことをするとは思えないわ」

「おれは薬師寺って制作局長が何かを条件にして、唐沢に例の構成台本の手直しをさせたんじゃないかと推測してるんだ」

「条件って、たとえば？」

「薬師寺は唐沢に〝やらせ〟に協力してくれれば、まとまった金をやるとか、昇格の根回しをしてやるとでも言ったんだろう」

「唐沢さんがそこまで局長の言いなりになるとは思えないわ」

千秋がそこまで言って、急に口を噤《つぐ》んだ。

「何か思い当たることがあるんだな？」

「ええ、ちょっと。唐沢さんは『茶髪群像の放課後ＰＡＲＴⅢ』の放送日の夜、次の人事異動で自分が制作局次長になれるかもしれないと上機嫌で言ったの」

「おそらく唐沢は出世させてもらえると思って、〝やらせ〟に手を貸したんだろう。薬師寺が役員連中に根回ししておけば、唐沢を局次長にすることはできるだろうからな」

「そうだったんだとしたら、わたし、男性を見る目がなかったのね」

「唐沢はルックスがいいからな。つい欠点を見逃してしまったんだろう。別に、そっちが自分を責めることはないよ」

多門は慰めた。

「ううん、わたしが愚かだったんだわ。保身や出世のためには簡単に自分の彼女を棄《す》てるような男にのめり込んでしまったんだもの」

「悪いのは唐沢だ。そっちの愛を踏みにじった唐沢がいけねえんだよ」

「もうよしましょう、その話は」

千秋が辛そうに言った。

「そうだな」

「唐突だけど、藤原さんの言葉に、どきりとしたことがあるの。スパニッシュ・レストランで会ったとき、彼はわたしの顔を見据えて、『あなたは映像ジャーナリストとして、恥じるような仕事は一度もしていませんか？』って問いかけてきたのよ」

「そんなことがあったのか」

「ええ。わたし、平静さを装いつづけてたけど、内心はひどく狼狽してたの。あのとき、藤原さんはわたしの心の動揺を感じ取ってたんじゃないのかしら。なんとなくそんな気がしてるの。藤原さんの言葉が、いまも棘《とげ》のように胸のどこかに突き刺さってるわ」

「あいつは、まっすぐな人間だったからな」

「藤原さんを殺させたのは、ひょっとしたら……」

「薬師寺ってこともあり得るな」

　多門は言った。

「でも、局長の背後に明日香建設の笹専務がいたとしたら、殺人指令は黒幕の笹専務が出したんじゃない？」

「おそらくな。しかし、二人とも同罪さ」

「ええ、そうね。これから局長をマークしてみるつもりなんでしょう？」

「ああ」

「だったら、後でゴルフコンペのときに撮《と》った記念写真をあげるわ。笹さんに招待されて、薬師寺局長、唐沢さん、わたしの三人がコンペに参加したの。そのときの写真よ」

「そいつは手間が省《はぶ》ける。助かるよ」

「馬場さんの証言音声、藤原さんのために有効に使って。わたしは会社を解雇されることになってもいいわ」

「しかし、それじゃ……」

「ううん、いいの。わたしが〝やらせ〟をしたことは事実なんだから、何らかのけじめはつけなきゃね」

千秋が言った。すでに肚《はら》を括《くく》っているようだ。その潔《いさぎよ》さが清々《すがすが》しい。

多門は何も言わなかった。

「お腹《なか》空いたでしょ？」

「ちょっとな」

「シャワーを浴びたら、何か作るわ」

「そいつは後でいいよ。素面《しらふ》で、もう一度そっちを抱きたいんだ」

「こういう場合、どう答えればいいのかしら？」

「言葉なんか使わなくたって、いくらでも気持ちは伝えられると思うがな」

「まあ、そうね」

千秋が目でほほえみ、多門の体の上に重なった。

乳房がラバーボールのように弾んだ。肌の温《ぬく》もりが伝わってくる。

「大きな胸ね。もうひとり、女の子が乗っかれそうだわ。肩もアメフトのプロテクターみたい」

「それはオーバーだろう?」

多門は笑いながら、そう言った。

「ううん、オーバーじゃないわ」

千秋が伸び上がって、顔を重ねてきた。

舌と舌で戯《たわむ》れはじめたとき、サイドテーブルの上でファッション電話機が鳴った。二人は黙殺して、ディープキスを交わしつづけた。だが、電話は執拗《しつよう》に鳴っている。

気が散る。多門は手探《さぐ》りで受話器を摑み上げ、千秋の耳に当てた。慌《あわ》てて千秋が顔を離す。

「ああ、里織ね?」

「………」

当然のことながら、相手の声は多門には聴こえない。

「彼のことは知ってるわ。よく平然としてられる? だって、もう唐沢とは特別な関係じゃなくなってたのよ」

「…………」

「ううん、彼を偲《しの》ぶほどセンチメンタルじゃないわ。仕事？　きょうは休む。どうしてって、いま行為中なのよ。相手のこと？　それは会ったときに話すわ」

「…………」

「駄目よ、ここに押しかけてきちゃ。そう、里織も知ってる男性《ひと》よ」

「…………」

「え？　もういいかげんにしてよ。そうよ、彼のことはきれいさっぱりと忘れちゃったわ。冷たいって？　わたしは、もっと彼に冷たい仕打ちをされたの！」

「…………」

「野暮ね、里織ったら！　あら、やだ。わたしが強がって芝居をしてると思ってるの？いいわ、証拠を見せてあげるわよ。こら、茶化すな。仰せの通り、電話じゃ証拠は見せられないわね。だから、音を聴かせてあげる」

千秋がそう言い、多門の唇を激しく吸った。生々しい音が寝室に響き渡った。

多門は受話器をフックに返し、千秋の舌を吸いつけた。千秋が喉《のど》を甘く鳴らす。

この調子なら、唐沢のことは本当に忘れかけているのだろう。多門は、ひと安心した。

千秋は息苦しくなったらしく、顔をずらした。その唇は首筋、胸、腹と徐々に下がっていった。

多門は急激に昂まった。

千秋の髪の先が内腿《うちもも》を甘くくすぐっている。いい感触だった。まるで羽毛でソフトに撫でられているようだ。

多門は口の中で小さく呻き、瞼《まぶた》を閉じた。

2

弔問客は引きも切らない。

放送関係者や芸能人が次々に唐沢邸に入っていく。唐沢の自宅は、世田谷区《せたがやく》東玉川《ひがしたまがわ》の高級住宅街の一角にあった。

多門は夜道に立ち、唐沢邸の門扉《もんぴ》に目を向けていた。

午後八時過ぎだった。多門は千秋のマンションを夕方に出て、いったん代官山の自宅に帰った。一息入れてから地味なスーツに着替え、唐沢の仮通夜の客をチェックしに来たのだ。

まだ薬師寺制作局長は姿を見せていない。もしかしたら、明日香建設の笹専務も弔問に訪れるかもしれないと睨《にら》んだのだ。

　多門は二人のどちらかを尾行し、差し当たって何か弱みを摑むつもりだった。

　煙草を喫《す》う気になったとき、一台のタクシーが停まった。多門は、なんの気なしに客の顔を見た。降りた客は、人気アナウンサーの筒井里織だった。黒っぽいスーツをまとい、黒いオーバーコートを手にしている。

　里織は多門に気づかない様子だ。タクシーの運転手から釣り銭を受け取ると、足早に唐沢邸に向かった。

「筒井さん、待ってくれ」

　多門は呼びかけた。

　里織が足を止め、大きく振り向いた。多門は笑いかけながら、里織に歩み寄った。里織が困惑顔になった。

「なかなかの名演技だったよ。ストーカーの件は、すべてネタがあがってるんだ」

　向き合うなり、多門は言った。

「ごめんなさい。わたし、千秋先輩に頼まれて、ストーカーらしい男に付け回されてる振りをしちゃったの」

「偽ストーカーは、番組制作会社の大坪って男だったんだろう？」

「ええ。千秋先輩にまとわりついてたのは、同じ『オリエント映像』って会社の馬場さんという男性だったの」

「馬場をちょっと痛めつけて、そのことを吐かせたんだよ。千秋から、何も聞いてないようだな」

「え？　いま、あなた、千秋って呼び捨てにしたわよね。それじゃ、昼間の先輩のお相手は多門さんだったの⁉　いやだ！」

里織が口に手を当て、身を捩《よじ》って笑った。

「何がそんなにおかしい？」

「だって、妙な組み合わせだもの。あなたと亡くなった唐沢さんとは、まるっきりタイプが違うでしょ？」

「まあな」

「いったいどういうわけで、千秋先輩と特別な関係に？」

「そいつは彼女に訊いてみてくれ。それより、唐沢を殺《や》ったのは誰だと思う？」

多門は訊いた。

「まるで見当がつかないわ」

「美人ディレクターの話じゃ、唐沢は制作局長の薬師寺に目をかけられてたそうだな」

「ええ、それは確かね。局長が事件に関わってるの？」

　里織が声をひそめた。

　多門は明らかになった事実の断片を交えながら、自分の推測を語った。相手が女性ということで、ついつい口が軽くなってしまったのだ。

「あの〝やらせ〟には、そんなに入り組んだ話が絡んでたの。わたしは、てっきり唐沢プロデューサーが単に視聴率を稼ぎたくて、構成台本を改稿したと思ってたけど。千秋先輩とわたし、とんでもない悪事に加担してたのね」

「千秋を恨まないでくれ。彼女も、〝やらせ〟の背後の陰謀には気づかなかったんだから」

「それは、その通りだと思うわ。千秋先輩がそれを知ってて、わたしを利用するとは思えないもの」

「きみら二人は被害者だな」

「半分は、そうかもしれない。だけど、千秋先輩もわたしも番組が打ち切られることを恐れて、つい〝やらせ〟をやっちゃったわけだから、ある意味では加害者よね。M子のコメントで、聖順女子学院の小谷理事長は身に覚えのないことで名誉を穢《けが》されたわけだし」

里織が思い詰めたような表情で言った。

「そんなに自分を責めることはないさ。罪深いのは唐沢だよ。奴が〝やらせ〟をしてでも番組の継続を願った千秋を窘《たしな》めてりゃ、何事も起こらなかったんだ。それを唐沢の野郎は、千秋の構成台本を悪用しやがった。汚《きたね》え男だな」

「そうかもしれないけど、『オリエント映像』の馬場さんや大坪さんまで巻き込んでしまったわたしたちも悪いわ」

「あんまり思い詰めるなって。それより、唐沢の仮通夜の席の様子を探《さぐ》ってくれないか。まだ薬師寺と明日香建設の笹は来てないんだが、そのうち現われるだろう」

多門は言った。

「もし薬師寺局長がプロの殺し屋を雇って唐沢プロデューサーを射殺させたんだとしたら、心の動揺が言動に表れるわよね？」

「後ろめたさがありゃ、オーバーに唐沢の死を悼《いた》むんじゃないかな」

「ええ、そうでしょうね。いいわ、二人が来たら、観察してみる」

里織が誓うように言った。

「頼むな」

「オーケー。あなたは、ずっとここに立ってるつもりなの？」

「ここに立ってなかったら、あの車の中にいるよ」

多門は後方に駐《と》めてあるボルボに視線を投げた。

里織が大きくうなずき、唐沢邸に向かった。ハイヒールの音が遠ざかると、多門はロングピースに火を点けた。

夜風は棘々《とげとげ》しかった。

多門は上着の襟《えり》を立て、首を竦《すく》めた。いつの間にか、里織は唐沢邸内に消えていた。

唐沢の自宅は豪邸だった。敷地は優《ゆう》に三百坪はあるだろう。在京テレビ局のプロデューサーだったとはいえ、自力で購入できる不動産ではない。おおかた唐沢は、親の家屋を相続したのだろう。

吸殻を踏み潰したとき、唐沢邸の前に黒塗りのレクサスが横づけされた。

後部座席から現われたのは日東テレビの薬師寺だった。黒い礼服姿だ。写真よりも、実物のほうが若々しく見える。

半白《はんぱく》の髪は豊かで、押し出しも悪くない。知的な雰囲気も漂《ただよ》わせている。薬師寺は、あたふたと門扉《もんぴ》を潜《くぐ》った。

明日香建設の笹専務は訪れないのか。明後日の告別式にだけ顔を出すつもりなのかもしれない。そうなら、今夜は薬師寺を尾行することにしよう。

十分ほど経過したころ、斜め前に毎朝タイムズの社旗を立てた大型国産車が停止した。

車から出てきたのは亀貝だった。多門は片手を挙げた。

亀貝が走り寄ってきた。

「ここにいらしたんですか。さっき何度も多門さんのスマホを鳴らしたんですがね」

「何か手掛かりでも摑んだのかな？」

「ええ。藤原先輩が例の食堂の親父さんに、画像データ、それから前のものとは別のICレコーダーを預けてることがわかったんですよ。親父さん、自分で探偵の真似事をする気になり、最初の録音音声を社に届けて、何か情報を集めるつもりだったらしいんです。しかし、とても自分の手には負えないと諦《あきら》めて、画像データとICレコーダーのメモリーもわたしに渡す気になったと言ってました」

「その画像データとメモリー、いま持ってるのか？」

「いいえ、社にあります。しかし、画像データには、聖順女子学院の小谷理事長が暴力団の幹部らしい三人の男に脅されているところが映ってました。場所は都内のスポーツクラブの休憩室です」

「録音音声の内容は？」

多門は畳みかけた。

「三人の男たちは、理事たちの言いなりになって、八年前の土地売却の件で妙な気を起こして明日香建設に迷惑をかけたら、あんたを丸裸にすると小谷を脅迫してました。小谷はほとんど黙って聞いてるだけでしたが、最後に『少し考えさせてほしい』と男たちに答えています。どうも理事会で何かが決定して、小谷理事長は板挟みになってるような感じなんですよ」

「理事会ねえ……」

「藤原先輩は小谷理事長を取材した後も、尾行をつづけていたんですね。音声の内容で、何か推測できます？」

亀貝が探《さぐ》りを入れてきた。

多門は曖昧《あいまい》な返事をした。亀貝に自分のカードを見せてしまったら、若い新聞記者が先に一連の事件の真相を暴《あば》くことになるかもしれない。

そうなったら、自分の手で藤原を殺した犯人を裁けなくなってしまう。藤原がかわいがっていた亀貝にスクープの手柄を立てさせてやりたいという気持ちもあったが、まず先に多門は故人に借りを返したかった。

「どうなんです？」

「それだけの内容じゃ、何とも言えないな」

「ヒントはあるんですよね。この前の藤原先輩と小谷の会話の録音音声といい、やくざ風の男たちの会話といい、小谷は明日香建設を土地売却の件で告発する気でいたようでしょ?」

「そう受け取れないこともないな」

「なんだか歯切れがよくないですね。多門さん、何かわたしに隠してません?」

亀貝が疑わしそうな目を向けてきた。

「おれはジャーナリストじゃない。きみを出し抜くはずないじゃないか」

「そこまでは思ってませんが、なんかポーカーフェイスをきめ込んでるようにも見えますんでね」

「そいつは勘繰《かんぐ》り過ぎだよ。きみには広瀬真紀の件で、いろいろ情報を提供してもらってる。そんな相手に、情報を出し惜《お》しみするわけないだろう?」

「ええ、まあ。しつこいようですが、本当に録音音声の内容からは何も……」

「ああ。そんなことより、唐沢はなぜ殺されたんだろうな」

多門は空とぼけて、逆に探りを入れた。

「そのことを知りたくて、仮通夜の様子をうかがいに来たんですね?」

「そうなんだ。新聞やテレビじゃ、まだ詳しいことは報じられてないからな。唐沢と身許不明の男が消音器付きのヘッケラー&コッホP7で殺されたってことはわかってるんだが……」

「男の身許は判明しましたよ。横溝聡《よこみぞさとし》という名で、二十九歳です。横溝には前科歴はありませんでしたが、インドネシアのジャカルタで一年前までチャイニーズ・マフィアの下働きをしてたようです。矢に猛毒の樹液を塗ったブロウガンの使い手だったらしく、殺人容疑でインドネシア警察軍が国際指名手配してたんですよ。横溝がインドネシアとフィリピンの貨物船を乗り継いで、不正に日本に舞い戻ったことも明らかになってます」

「その後は何をやってたんだい？」

「稲森《いなもり》会系の土木会社の飯場《はんば》で、トンネルやダム工事に携《たずさ》わってたようです」

亀貝が言った。

その土木会社が明日香建設の下請けか、孫請けって可能性もありそうだ。だとしたら、小谷に脅しをかけていたという三人のやくざは稲森会の者だろう。

多門は、そう考えた。

稲森会は関東やくざの御三家の一つで、構成員は五千人近くいる。組の本部は六本木にあるが、総長は熱海《あたみ》の豪邸に引き籠っていることが多い。

「そうそう、きのうの夕方、藤原先輩のお宅に行ってきました」

「奥さん、少しは落ち着いたかな？」

「まだショックから立ち直れないようですね。それから歩君はようやく父親が死んだことを実感したらしく、大きなゴリラの縫《ぬ》いぐるみを抱きしめて、『ぼくのパパになってよね』なんて話しかけてるらしいんです。その話を聞かされたとき、わたし、思わず泣いてしまいました」

「そのうち、奥さんと歩君を元気づけに行ってやらなきゃな」

「ぜひ、そうしてあげてください。わたし、ちょっと唐沢夫人に会ってきますので、また……」

亀貝が唐沢邸に足を向けた。

すっかり冷え込んできた。多門はボルボに走り寄り、運転席に入った。エンジンはかけっ放しにしてあった。ヒーターで、車内は暖かかった。

煙草をくわえかけたとき、スマートフォンが鳴った。発信者は美寿々だった。

「さっき朱花《ツウホワ》ちゃんと別れたところよ。『紫乃』のママが紹介してくれた仕出し弁当屋さんの経営者夫婦、とっても感じがよかったわ。それに、朱花《ツウホワ》ちゃんに与えられた部屋も清潔だったの」

「それはよかった。美寿々ちゃんには、すっかり世話になったな。本来なら、おれが彼女をママに引き合わせて、その仕出し弁当屋にお願いに行かなきゃならないんだが……」

「わたしのことなら、いいのよ。そんなに気を遣《つか》わないで」

「結局、彼女は新宿のマンションから身の回りの物は持ち出せなかったわけか」

「そうなの。わたし、二度、様子を見に行ったのよ。でも、二度とも羅《ロー》の子分らしい男たちが朱花《ツウホワ》ちゃんの部屋の前にいてね」

「くそったれどもが！」

多門は悪態をついた。

「でも、安心して。洋服も靴もサイズが同じだったから、わたしのを彼女に少し持たせてあげたの」

「何から何まで悪かったな。恩に着るよ。美寿々ちゃん、ライブハウスのほうはどうなった？」

「高円寺《こうえんじ》の貸ビルの地下一階が四月ごろに空くらしいの。そうしたら、保証金なしで貸してくれるって。約三十坪もあるのに、家賃は二十一万円でいいって言ってくれたのよ」

「べらぼうに安いな。オーナーの女事業家、何か企んでるんじゃねえのか？」

「そんなこと絶対にないわよ」

美寿々が言葉に力を込めた。

「それを祈ろう」

「朱花《ツウホワ》ちゃんがいなくなったからってわけじゃないけど、クマさんに会いたいな。わたしの部屋に来ない？」

「店、休んだのか？」

「そうなの。部屋で、ぼんやりしてるのよ。でも、無理しなくてもいいの。まだ、お友達を殺した犯人が見つからないんでしょ？」

「もう少し時間がかかりそうだな。首謀者と思われる野郎をこれから尾行しようと思ってるんだ」

「そっちのほうが、ずっと大事だわ。わたし、今夜は諦《あきら》める」

「行けたら、行くよ」

多門は通話を切り上げ、スマートフォンを懐に戻した。そのとき、助手席のパワーウインドーのシールドを誰かが軽く叩いた。

多門は顔を横に向けた。

ほとんど同時に、杉浦将太が助手席に乗り込んできた。ここで落ち合うことになっていたのだ。

「遅くなったな。あんまり寒いんで、ラーメン喰《く》ってきたんだ」

「杉さん、そりゃないだろうが。こっちは少し前まで、車の外で震えてたんだぜ」

「文句言うなって。事件簿の綴《つづ》りを抜き取るだけでも大変なのに、そいつをコピーして、綴りをまた戻してきたんだ。赤坂署の連中、おれが懲戒免職になったことを知ってやがるから、妙に警戒しやがってな」

「で、どうだったの？」

「やっぱり、おれの睨んだ通りだったよ。小谷の倅《せがれ》の進《すすむ》は八年半前に、交際中だったモデルの女を痴話喧嘩の果てに突き倒して、彼女の自宅マンションで死なせてる。女は運悪くビューティー・サイクルの鉄の台座に頭をもろに打ちつけちまったんだよ」

「小谷が裏から手を回して、事件を揉み消したんだな？」

多門はルームランプを灯《とも》した。杉浦が革のハーフコートの内ポケットから、供述調書の写しを取り出した。

「こいつは進の事件直後の供述調書だ。進は素直に過失を認めてる。しかし、その翌日には供述を翻《ひるがえ》して、死んだ女が自分でつまずいて転んだと言い張った。所轄署も東京地検も二度目の供述を認めて、進は不起訴処分になったんだ」

「所轄署は、なんで最初の供述調書を抜き取らなかったんだろう？」

多門はコピーに目を通した。間違いなく被疑者は過失を認めている。

「供述調書を抜き取ったことが発覚したら、命取りになるじゃねえか。だから、新たな供述を受け入れ、警察と地検はその方向で動いたのさ」

「そういうことか」

「クマ、腰ばっかり使ってねえで、たまには頭を使いな」

杉浦が憎まれ口をたたいて、素早くルームランプを消した。

「いいたいこと言うね。そりゃそうと、小谷は大物の政治家に泣きついたんだろうな？」

「元法務大臣の梶村俊夫《かじむらとしお》だと思うよ。梶村の娘が二人とも、聖順女子学院の卒業生なんだ」

「それじゃ、梶村にちがいないな」

「梶村の尻尾《しっぽ》は押えられなかったが、小谷が謝礼に億単位のヤミ献金をしたことは間違いねえだろう」

「だろうね」

「クマ、もう一つ面白《おもしれ》えことがわかったぞ。死んだ女の叔父は、稲森会の若頭《カシラ》なんだよ。そいつが小谷進を脅して、事実を喋らせやがったんだろう。稲森会の企業舎弟で、明日香建設の孫請けをやってる土木会社があるんだ」

「明日香建設は稲森会経由で、小谷の弱みを知って、キャンパス用地の売却を迫ったってわけか」

多門は言った。

「大筋は、その通りだろうよ。進と接触できれば、何もかもわかるんだが、あいにく日本にゃいねえんだ。スイスで、レストランを経営してる。その店に電話してみたんだが、オーナーの小谷進はアフリカにサファリ旅行に出てて、連絡が取れねえんだとよ。優雅なもんじゃねえか。こちとら、まだハワイにも行ったことない。泣けてくるぜ」

「奥さんの意識が蘇ったら、おれが世界一周旅行に招待してやるよ」

「そんな日が来りゃ、嬉しいがな。クマ、後は自分で片をつけな。約束の十万、早く出してくれや」

杉浦が手を出した。多門は約束の謝礼に少し色をつけて、杉浦に手渡した。杉浦は札を数えずに、すぐに車を降りた。それから間もなく、里織がボルボに駆け寄ってきた。

多門はパワーウインドーのシールドを下げた。

「薬師寺の様子はどうだった？」

「亡骸《なきがら》を抱くような感じで、男泣きしてたわ。そのくせ、そのすぐ後に局の若い社員に冗談言ってたの。局長、もうじき帰るみたいよ」

「そうか。明日香建設の笹専務は？」

「来てないわ。明後日の告別式に、ちょこっと顔を出す気なんじゃないのかな」

「そうなのかもしれない」

「まだ手伝わなきゃならないことがあるから、わたし、戻るわね」

里織が小さく手を振り、唐沢邸に引き返していった。

多門は十五メートルあまり車を前に出した。そのすぐ後、見覚えのあるレクサスが唐沢邸の前に停まった。ステアリングを握っている男は、お抱え運転手のようだ。すぐに外に出て、後部席のドアを開けた。

待つほどもなく、唐沢邸から薬師寺が出てきた。

ドライバーが恭《うやうや》しく頭を下げた。薬師寺が後部座席に乗り込んだ。

レクサスが発進する。多門はレクサスを尾行しはじめた。レクサスは、まっすぐ日東テレビに戻った。車を降りた薬師寺が、局の建物の中に消えた。

多門はボルボを局の駐車場に入れた。

社員通用口の見える場所だった。一時間ほど待つと、平服に着替えた薬師寺が姿を見せた。薬師寺はテレビ局の前の通りで、タクシーを拾った。

多門は、薬師寺を乗せたタクシーを追った。

タクシーは裏通りを抜け、六本木に出た。薬師寺は俳優座ビルの近くで車を降りた。馴染《なじ》みのクラブにでも行く気なのか。

多門はボルボを路上に駐《と》め、薬師寺の後を尾行しはじめた。

薬師寺は百数十メートル進み、古ぼけた雑居ビルに入っていった。八階建てだった。

薬師寺はエレベーターは使わずに階段で二階に上がった。

多門は足音を殺しながら、階段を上がった。

薬師寺は何も軒灯のない店に入っていった。店のドアは真っ黒だった。よく見ると、ドアに小さな金色の文字が見えた。『イノセント』だ。違法カジノなのか。

ドアの上を仰《あお》ぐと、監視カメラが設置されている。違法カジノか、会員制の秘密クラブだろう。

『イノセント』の二軒隣のバーから、バーテンダーが出てきた。二十代の後半と思われる。

多門は、その男に近づいた。

「ちょっと教えてほしいんだ。この階に『イノセント』って違法カジノがあると聞いてきたんだが、どこかな？」

「『イノセント』は、うちの二軒先ですよ。でも、カジノではありません」

「そうなのか」

「あそこは、会員制の高級ＳＭクラブですよ。医者とか弁護士なんかが、ハードなプレイを愉《たの》しんでるようです。出入口は二重扉になってるみたいだな」

　男が小声で言った。

「ＳＭクラブだったのか」

「このビルに、違法カジノはありません」

「そう。ありがとう」

　多門は礼を言って、雑居ビルを出た。薬師寺は唐沢の仮通夜に出席したことで、極度のストレスを感じているのだろう。特殊な趣味で、身も心もリラックスしたくなったにちがいない。

　ボルボに乗り込むと、すぐにスマートフォンを手に取った。チコに電話をする。

「おれだよ」

「きのうは、ひどいじゃないのよ。あたし、タクシー飛ばして、クマさんとこに行ったのに。でも、赦《ゆる》してあげる。そのコントラバスみたいな声を聴いただけで、あたし、濡れちゃいそうだから」

「元男が嘘つくんじゃねえ。濡れるはずないだろうが！　チコ、一週間ぐらい店を休め」

「海外旅行に連れてってくれるの？」

「人の話は最後まで聞きな。店を休んで、六本木の秘密ＳＭクラブに潜《もぐ》り込んでもらいてえんだ。で、薬師寺ってテレビマンと過激なプレイをして、そいつをこっそりスマホのカメラで撮《と》ってくれねえか」

多門は一息に喋った。

「待ってよ、クマさん！　あたし、ＳＭ系じゃないのよ。いじめるのも、いじめられるのも好きじゃないわ。いくらクマさんの頼みでも、Ｓ嬢にもＭ嬢にもなれないわよ」

「ばかやろう！　振りをすりゃ、いいんだよ。で、何がなんでも薬師寺って中年男とハードプレイをしてくれ」

「そんなこと言っても無理よ。お店があたしを雇ってくれるかどうかわからないじゃないの」

「店長にうまく泣きついて、雇ってもらえ。謝礼は百万出す」

「ほんとに⁉　あたしの日給は四、五万だけど、悪い話じゃないわね。でも、二、三日考えさせて」

「駄目だ。明日から、そのＳＭクラブで働いてもらう。詳しいことは、明日の朝に電話で話すよ」

「クマさん、一方的すぎる。あたし、まだオーケーしたわけじゃないからね」

チコが抗議口調で言った。

多門は、かまわず電話を切った。チコは他人に何か頼まれると、決して断らないタイプだった。今夜はベッドで美寿々と娯《たの》しもう。多門はボルボを急発進させた。

3

小谷理事長の頬が引き攣《つ》った。

供述調書の写しを持つ手が震えはじめた。港区内にある小谷のオフィスだ。

多門は上着のポケットにさりげなく手を入れ、ＩＣレコーダーの録音スイッチを入れた。彼は警察庁の特別捜査官になりすまして、小谷の事務所を訪れたのである。

唐沢の仮通夜から四日が経《た》っていた。午後四時過ぎだった。

「なぜ、いまごろ息子の事件を……」

小谷が呻くように言った。下賤《しもぶく》れの顔で、あまり気品は感じられない。だが、背広はいかにも仕立てがよさそうだ。

「警視庁にも、まだ気骨のある刑事がいるんですよ。それで、八年半前の事件の揉み消しを警察庁《うち》に告発してきたんです」

多門は、もっともらしく言った。

「先生が何もかもうまくやってくれると約束してくださったのに」

「元法務大臣の梶村俊夫議員には、どのくらいヤミ献金を？」

「三億円でした」

「無駄金になってしまいましたね。ご令息の進さんの事件のことを稲森会の若頭が嗅ぎつけて、あなたが所有していた新宿南口のキャンパス用地を倉島屋に売れと強要したんでしょう？」

「そ、そんなことまで知ってるのか⁉」

小谷が驚きの声を洩《も》らした。

「ここまで来たら、妙な隠しだてはなさらないほうがいいな」

「わかりました。おっしゃる通りです。わたしは息子の事件の揉み消しのことをちらつかされて、四年制女子大の創設に確保しておいたキャンパス用地を相場よりも安い値で売らざるを得なくなったんです。まさか老舗《しにせ》のデパートが暴力団を使うとは思ってもみませんでした」

「小谷さん、そうじゃないんですよ。あなたを脅した稲森会を操ってたのは、明日香建設の笹という専務のようなんです」

「なんですって⁉」

「稲森会の企業舎弟の一つが明日香建設の孫請けの土木会社なんです。明日香建設は倉島屋の新店予定地の買収に汗を流して、その見返りに新宿南口店の主体工事の受注を得たわけですよ」

多門は言って、出された緑茶を啜《すす》った。

「そんなからくりがあったのか」

「キャンパス用地を安く買い叩かれたことが理事会で問題になって、理事たちは土地の不正取引を暴《あば》こうとしたんではありませんか？」

「ええ、その通りです。しかし、どこで聞きつけたのか、また稲森会の奴らが息子の事件をちらつかせて、わたしを脅しに来たんですよ。理事たちに告訴を諦めさせろとね。それで、理事会は別の方法で告発する気になったんです」

「どんな方法で？」

「東京地検特捜部を動かしてもらおうと考えたんですよ。しかし、理事会がそれを実行しかけたら、日東テレビのドキュメンタリー番組にわたしを誹謗《ひぼう》するようなシーンがあった。放送時には、わたし自身は観《み》なかったのですが、身内や知人から連絡があったんです。録画を観て、わたしは震え上がりましたよ。稲森会が電波も自由にできるのかと思ってね。それで、わたしは理事たちに告訴しないよう頼み回りました。もちろん、息子のことは伏せてね。いまも理事の多くは告訴する考えを変えていません。しかし、〝やらせ〟は稲森会が仕組んだわけじゃなかったんですね？」

「ええ、おそらくね。あのドキュメンタリー番組の主力スポンサーは、明日香建設なんです。しかも笹専務は、日東テレビの薬師寺制作局長と親しいんですよ。さらに薬師寺は番組プロデューサーの唐沢という男を目にかけてました」

「その唐沢という方は先日、代々木公園で何者かに射殺されたんではありませんか？」

　小谷が確かめるように言った。

「ええ、そうです。例の〝やらせ〟が表沙汰になることを恐れた薬師寺と笹が共謀して殺し屋に唐沢の口を封じさせたんでしょう」

「なんてひどいことを……」

「息子さんの事件の事実を明かして、笹たちの悪事を告発する勇気はありますか？」

多門はそこまで問いかけ、ICレコーダーの停止ボタンを押した。

「お恥ずかしい話ですが、わたしにはそれをする勇気はありません。わたし自身の保身ということもありますが、運の悪かった倅《せがれ》を何とか護《まも》ってやりたいんですよ。息子は殺す気で交際中の女性を突き飛ばしたわけではありません」

「それは確かでしょうね」

「ええ。ですので、身勝手かもしれませんが、倅を罪人にはしたくなかったんですよ」

「その親心は、よくわかるな」

「あなたのお力で、なんとか警視庁の内偵捜査をやめさせていただけないでしょうか。お願いします。この通りです」

小谷が深々とした総革張りのソファから離れ、カーペットに額《ひたい》を擦《こす》りつけた。

そろそろ商談に入ってもいいだろう。多門は、おもむろに煙草をくわえた。

「どうかわたしを、いえ、わたしたち父子をお助けください」

「小谷さん、頭を上げてくれませんか。内部告発をした刑事は硬骨漢なんです。わたしは、話のわかるほうなんですがね」

「あなたが、その刑事さんを大人にしてあげてくれませんか？」

「どういう意味なんです？」

「失礼な言い方になりますが、公務員がそう贅沢《ぜいたく》な暮らしをしているとは思えません」

「それは、おっしゃる通りです。内部告発した刑事も分譲マンションを買いたがってるんですが、頭金の工面もできないとか言ってたな」

「そういうことでしたら、わたしが協力しましょう。もちろん、あなたにもそれなりのお礼を差し上げます」

小谷が顔を上げた。

「我々を金で買収しようってわけですか」

「いいえ、買収ではありません。わたしは、あなたに無利子・無催促で一億円をお貸ししようと申し上げてるんですよ」

「一億を二人で分けたら、たったの五千万円だな。そんな金で魂を売ってしまったら、多分、後悔することになるだろう」

「二億、二億ではどうです？」

「うむ」

「わかりました。三億出しましょう」

「それで、手を打ちましょう。ただし、いますぐ預金小切手をいただきたいな」

多門は言った。

「結構です。もちろん、息子の供述調書の写しは置いていってもらえますね？」

「もちろんです」

「ありがとうございます」

小谷が立ち上がって、大きな両袖机に向かった。

多門はにっとして、短くなったロングピースの火を消した。小谷が机から離れ、三億円の預金小切手を差し出した。多門はそれを受け取り、すぐに小谷の事務所を出た。

預金小切手は各銀行の支店長が振り出すもので、どの金融機関でも現金化できる。ただし、小さな支店では即日の現金化は難しい。その場合は前日に、電話をしておく必要があった。

多門はエレベーターで地下駐車場に降り、ボルボに乗り込んだ。ビルの外に出たとき、チコから電話がかかってきた。

「きのうの晩、頼まれたことをやったわよ」

「何日も待たせやがって」

「クマさん、そういう言い方はないんじゃない？『イノセント』に潜《もぐ》り込むのに、あたし、大変な思いをしたんだから」

「どう大変だったんだ？」

「女の子は間に合ってるからって、なかなか雇ってくれなかったのよ。そこを一カ月は只《ただ》働きでいいからって、店長に頼み込んで、やっと採用してもらったんだから」

「そうか。それで、薬師寺はSなのか？　それとも、Mのほうだった？」

「典型的なマゾヒストだったわ。あたしがいろんな責め具で嬲《なぶ》ってやったら、嬉しそうな声出して、ビンビンにおっ立てちゃってね。愉快だったわよ」

「そのときの動画データはおめえんとこにあるんだな？」

　多門は確かめた。

「ええ、あるわよ。クマさん、取りにいらっしゃいよ。新宿のお店は、明日まで休みをもらってんの」

「チコのマンションは昔の厚生年金会館の裏だったよな？」

「そう。『シルバーレジデンス』の一〇〇一号室よ。クマさん、一度遊びに来たことがあるじゃないの」

「そうだったっけな」

「あたしがおいしいクリームシチューを作ってあげたでしょ？　憶《おぼ》えてない？」

　チコが問いかけてきた。

「いま、思い出したよ。糊《のり》みてえなシチューで、喰えたもんじゃなかったな」

「ひどーい！」

「三十分以内には行くよ」

多門は電話を切り、車を新宿に走らせた。

二十数分で、チコのマンションに着いた。迎え出たチコは、トパーズ色のニットドレスに身を包んでいた。化粧もしている。女にしか見えない。綺麗《きれい》だった。

多門は部屋に通された。

間取りは1LDKだった。居間でSMプレイの動画を再生させる。

多門はリビングソファに腰かけ、スマートフォンのディスプレイに目をやった。すぐに黒いボンデージ姿のチコが映し出された。右手に金属鋲《セスタス》だらけのベルトを握っている。チコの足許には、全裸の薬師寺が犬のような恰好《かっこう》でうずくまっていた。チコは薬師寺を足蹴《あしげ》にすると、金属鋲《びょう》付きのベルトで薬師寺の全身を打ちはじめた。

容赦のない打ち方だった。薬師寺の肌は赤く腫《は》れ上がり、ところどころ表皮が裂けている。ペニスは猛《たけ》っていた。赤黒かった。

「ぶたれて感じるなんて、おまえは変態だよ」

「女王様、もっと愚かなわたしを軽蔑してください」

「あたしに命令してんの？」

「いいえ、お願いです。わたしの顔を踏んづけて、思い切りセスタス・ベルトで叩いてくださいませ。鞭《むち》や棍棒《ブラジョン》、それから薔薇《ばら》の花束や、柊《ひいらぎ》の小枝もお使いくださいね」

「その口のきき方が気に入らないのよっ」

チコはS嬢になりきっている。薬師寺を蹴りつけ、革ベルトを唸らせた。転げ回る薬師寺の表情には歪《ゆが》んだ悦楽《えつらく》の色が浮かんでいた。

チコは責め具を変えながら、際限《さいげん》なく薬師寺をいたぶりつづけた。

「女王様、尊いヴィーナスを一目だけ拝ませていただけませんでしょうか」

薬師寺がチコに顔面を踏みつけられながらも、喘《あえ》ぎ声で哀願した。

「おまえのような下種《げす》が、よくそんなこと言えるねっ」

「どうかお赦《ゆる》しを……」

「生意気なのよ、おまえは。罰として、わたしの足をお舐《な》め！」

「女王様、お恵みをありがとうございます」

薬師寺はチコの足の指を口に含むと、自分の昂《たか》まりをしごきはじめた。

醜悪だ。多門は顔をしかめ、動画を停止させた。

「この後のシーンが面白いのに」

「続きなんか観《み》たくもねえ。チコ、日東テレビに電話して、薬師寺をこの部屋に誘い込んでくれ」

「あいつ、怪しむんじゃない？」

「そいつをチコがうまくやるんだよ。薬師寺がここに来なかったら、約束の百万はやらないぞ」

「うまくやるわよ」

チコは、すぐに膝の上に洒落《しゃれ》たファッション電話機を載《の》せた。

首尾よく薬師寺は局内にいた。チコが言葉巧《たく》みに薬師寺を誘い、自宅マンションまでの道順を詳しく教えている。

さっきの不様なSMプレイの動画を観《み》せれば、薬師寺は何もかも吐くだろう。

多門はほくそ笑《え》んで、煙草に火を点けた。ちょうどそのとき、チコが受話器を置いた。

「すぐに来るって。すごく嬉しそうだったわよ。日東テレビのエリート社員なのに、あいつ、心が歪《ゆが》んでるのね」

「出世した連中は、どいつもストレスの塊だからな。だから、自然に歪んじまうんだろうよ」

「そうなのかもね。クマさん、薬師寺が来る前に、あたしを抱いて。寝室に行こう？」

「て、てめえ、なに考えてやがるんだ⁉」

多門は喫《す》いさしの煙草を落としそうになった。

「いつかは、ちゃんと愛してくれたじゃないの」

チコが多門の手を取った。

多門はチコを突き倒した。床に転がったチコが頰を膨らませた。

「ひどーい！　クマさんなんか嫌いよ」

「嫌いで結構だ」

「そんなこと言わないで。やっぱり、好きよ。ベッドに行かなくてもいいから、機嫌を直してちょうだい」

「別に怒っちゃいないよ」

多門は煙草の火を消し、両手で目尻を思い切り下げた。

すると、チコが笑い転げた。それをきっかけに、二人は冗談を交わし合うようになった。

部屋のインターフォンが鳴ったのは、およそ三十分後だった。

多門は洗面所に隠れた。チコは玄関に向かった。少し待つと、玄関ホールの方から薬師寺の芝居がかった声が流れてきた。

「女王様のお城にお招きいただけるなんて、とても光栄です。まるで夢のようです」

「おまえをあたしの寝室で、たっぷりいじめたくなったのよ」

「嬉しゅうございます」

「とりあえず、居間のテレビの前にお坐り！」

チコが薬師寺に命じた。

二人が居間に入る気配がした。多門は忍び足で居間に歩み寄った。チコがスマートフォンを手に取って、ＳＭプレイの動画を手早く再生させた。

「じょ、女王様、この動画はいったい……」

テレビの前に正坐した薬師寺が、弾かれたように立ち上がった。

「あんたの弱みを押えたかったのよ」

「なぜ、そんなことを⁉」

「彼に頼まれたの」

チコが多門の方を見た。薬師寺が振り返った。

「誰なんだね、きみは！」

「毎朝タイムズの藤原の友達《ダチ》だよ」

多門は言って、ポケットの中のＩＣレコーダーを作動させはじめた。

「唐沢が言ってた大男というのは、き、きさまなんだな」

「薬師寺さんよ。あんた、洒落《しゃれ》た遊びをしてるね。さすが日東テレビの制作局長だ。粋人でいらっしゃる。そのSMプレイの動画を局のみんなに観《み》せてやりなよ。女王様はニューハーフなんだよ。職場の話題を独占するだろうな」

「金、金が欲しいんだなっ」

薬師寺が玄関ホールに逃げる気配を見せた。多門は行く手を阻《はば》み、薬師寺を床に捻《ひね》り倒した。

「変態プレイを誰にも観られたくなかったら、明日香建設の笹専務とつるんでやったことを洗いざらい吐くんだなっ」

「なんの話なのかな?」

薬師寺が首を傾げた。

多門は前に踏み出し、薬師寺の喉笛を蹴った。的《まと》は外さなかった。

薬師寺が獣じみた声を放ち、のたうち回りはじめた。

「次は、あばら骨をバラバラにしてやるか」

「や、やめてくれ」

「こっちは気が短《みじけ》えんだ。さっさと口を割らなきゃ、てめえを殺《や》っちまうぞ」

多門は威《おど》した。

薬師寺は少し考えてから、笹が北京マフィアの仕業《しわざ》に見せかけて毎朝タイムズの藤原をプロの殺し屋に始末させたことを認めた。キャップを被っていた実行犯は、元警察官の水野準《みずのじゅん》という男だという。

広瀬真紀を歩道橋の階段から突き落としたのは、死んだ横溝らしい。唐沢を射殺したのは稲森会専属のヒットマンだそうだ。根岸義貴《ねぎしよしたか》という名前だとか。

薬師寺は笹に頼まれて、目をかけていた唐沢に小谷を貶《おとし》める〝やらせ〟のシーンを撮《と》らせたことも白状した。それは、やはり小谷への警告だったらしい。

唐沢は、〝やらせ〟で視聴率を上げたがっていた千秋を巧みに利用したわけだ。

「まさか笹専務が、藤原、真紀、唐沢の三人を殺させるとは思わなかったんだよ」

「笹にいくら貰ったんだ？」

「金は貰ってない」

「往生際《おうじょうぎわ》が悪いぜ。肋骨《ろっこつ》を折られなきゃ、喋る気にならねえか」

「い、い、一億貰ったよ。まだ手をつけてないから、そっくりおたくにやろう。その代わり、わたしが映ってる動画のデータを渡してくれないか」

「いいだろう。ついでに、直筆《じきひつ》の誓約書を書いてくれ」

多門は言った。

「誓約書？」

「そうだ。矢吹千秋をプロデューサーに、筒井里織をキャスターに抜擢《ばってき》するよう役員たちに働きかけるという誓約書だよ。あの二人は、唐沢の片棒を担《かつ》がされたんだ。罪滅《ほろ》ぼしに、それぐらいしてやれ」

「わ、わかったよ」

薬師寺が同意した。

多門はチコに便箋《びんせん》と万年筆を持ってこさせ、すぐに誓約書を認《したた》めさせた。もちろん、署名もさせた。

「一億円はどこにある？」

「わたしの自宅の納戸《なんど》の中にあるよ」

「それじゃ、これから集金に行く」

多門は薬師寺に言って、チコに動画データを引き抜かせた。それから彼はチコに百万円を現金で払い、薬師寺を目顔《めがお》で促《うなが》した。

薬師寺が玄関に足を向けた。多門はポケットのＩＣレコーダーの停止ボタンを押し、チコに言った。

「銭に困るようなことがあったら、いつでも電話してくれ」

「お金なら、自分で稼ぐわよ。あたしはクマさんのお金《きん》が欲しいの！」

「何か言ったか？　最近、急に耳が遠くなってな」

「もーっ！　嫌いよ、クマさんなんか」

チコが焦《じ》れて、地団太《じだんだ》を踏んだ。

多門は笑いながら、薬師寺を追った。

4

視界が悪い。

外は吹雪《ふぶ》いていた。栃木県の那須《なす》高原である。

多門はボルボを低速で走らせていた。別荘地内の道路だ。積雪は三十センチ近かった。

スノータイヤが、新雪を鳴らしている。目の前に標高およそ千六百メートルの黒尾谷《くろおや》岳《だけ》がそびえているはずだが、その稜線《りょうせん》すら見えない。

薬師寺から一億円の現金をせしめたのは一昨日だった。

多門はきのうの午後二時ごろ、丸の内にある明日香建設の本社を訪れた。アポなしだったが、笹専務は面会に応じた。薬師寺から連絡を受けていたにちがいない。

多門は笹に二種類の録音音声を聴かせた。最初のメモリーには、小谷の声が収録されている。キャンパス用地を売らざるを得なくなった事情を語っている音声だ。もう片方は、薬師寺が主犯の笹の悪事を暴《あば》いた音声である。

笹は拍子抜けするほどあっさりと二種類の録音音声のメモリーを三億円で買い取りたいと申し出た。そして彼は、那須高原にある自分の別荘を取引場所に指定したのだ。

多門は、笹が何か罠《わな》を仕掛ける気になったことを本能的に嗅《か》ぎ取った。

しかし、怯《おび》えは覚えなかった。それどころか、わざと罠に嵌《は》まる気になった。

笹は、殺し屋の水野と根岸を予《あらかじ》め別荘に呼び寄せているにちがいない。場合によっては、稲森会の荒っぽい男たちも呼び集める気でいるのだろう。

多門は、藤原の首を青龍刀で刎《は》ねた水野を半殺しにしてやる気でいた。かえって手間が省《はぶ》けたようなものだ。

多門は腕時計に目をやった。

午後二時四十分だった。約束は三時だ。

笹の別荘で、現金二億円のほか一億円分の株券と割引債券を受け取ることになっていた。しかし、どうせ明日香建設の専務はわずかな見せ金しか持参しないつもりだろう。

妙な気を起こせば、それだけ代償が高くつく。

多門は薄く笑い、ボルボを脇道に入れた。

太編《あ》みの白いセーターの上に、象牙《ぞうげ》色のダウンパーカを着込む。チノクロスパンツはチャコールグレイだった。頭に毛糸の白い帽子を被《かぶ》る。

多門はグローブボックスから、グロック17を取り出した。銃把は、ひんやりと冷たい。北京マフィアの羅《ロー》から奪ったオーストリア製の自動拳銃だ。弾倉には五発入っている。

多門は拳銃をダウンパーカの右ポケットに入れ、静かに車を降りた。近くのアメリカ杉の小枝を何本も折り、車体を覆い隠す。

どの別荘も無人だった。

多門は別荘の庭から庭を伝い、笹の山荘をめざした。事前に別荘地のゲートの横にある案内板を見ていた。笹の山荘のある場所はわかっている。

二百メートルほど進むと、巨大なログハウスが見えてきた。そこが笹の山荘だった。

敷地は、かなり広い。五、六百坪はありそうだ。

ログハウスの周《まわ》りは平坦な庭で、背後は自然林のままになっている。喬木《きょうぼく》が目立つ。どの樹木も雪化粧していた。ログハウスの後方は傾斜地だった。

多門は大きく迂回《うかい》し、ログハウスの背後の斜面を滑り降りた。

足許で雪煙が上がった。身を屈《かが》め、息を殺す。

ログハウスからは誰も飛び出してこない。

多門はログハウスに接近し、次々に窓に顔を寄せた。人の姿は見えなかった。

右手のテラスの方に回り込み、居間を覗き込んだ。

白いレースのカーテンの向こうに、男が立っていた。笹恭吾だった。落ち着かない様子で、道路側の窓から外を眺めている。

二人の殺し屋や筋者《すじもの》たちは、どうやら居間にはいないようだ。しかし、ログハウスのどこかに身を潜《ひそ》めているにちがいない。

多門はログハウスの真裏に引き返し、今度は建物の左側に回った。キッチンの近くに、プロパンガスのボンベが三つ並んでいた。

弾避《よ》けの人間を確保することにした。多門はボンベに近寄り、三つともバルブを閉じた。ガスを使っていたら、ほどなく炎は消えるはずだ。

多門はダウンパーカから自動拳銃を摑み出し、スライドを引いた。キッチンのドアの横の壁にへばりつき、息を詰める。

少し経つと、ドアが細く開けられた。

多門はドア・ノブを一気に引き、目の前にいる男の左胸に銃口を押し当てた。いつもキャップを被っていた水野という男ではない。

男は消音器を装着させたワルサーP5をベルトの下に差し込んであった。

「ちょっと借りるぜ」

多門は言って、男の拳銃を奪った。男が舌打ちする。凶暴な顔つきだ。三白眼《さんぱくがん》だった。

「根岸だな？」

「……………」

「一発見舞ってほしいのかっ」

「くそっ、根岸だよ」

「水野と稲森会の連中は、どこにいる？」

多門は根岸のこめかみに、消音器を押し当てた。

「水野さんは居間の隣の応接間にいるよ。稲森会の連中はいない」

「嘘じゃねえなっ」

「ああ」

「笹は約束の銭や株券を持ってきてるのか？」

「と思うぜ」

根岸が短く応じた。

多門は根岸の体を反転させ、ログハウスのキッチンに入った。当然、土足だ。

根岸は従順だった。逃げる様子もない。

多門は二挺の拳銃を握り直し、根岸を先に歩かせた。居間に近づいたとき、急に根岸が走りだした。多門は無造作に消音器付きのワルサーP5を前に突き出し、一気に引き金《トリガー》を絞った。

根岸が声をあげ、前のめりに倒れた。

左腿が赤い。出血量は意外に少なかった。銃弾は貫通したようだ。

多門は物陰に身を潜《ひそ》めた。

広い玄関ホールから、クルーカットの男が飛び出してきた。藤原を殺した水野だ。

水野は、英国製の消音型短機関銃《サブマシンガン》を手にしていた。

九ミリL34A1だ。銃身長二十センチ弱と小さい。半自動式《セミオート》で、箱型の弾倉《マガジン》にはフルで九ミリ弾が三十四発も納まる。初速は一秒間に約三百九十メートルだ。太い筒に銃把《グリップ》が付いているような形をしていた。

水野が根岸を飛び越え、勢いよく駆けてくる。

多門はワルサーP5で先に撃った。放った銃弾は、水野の左肩の筋肉を数ミリ抉《えぐ》った。

水野が少し体をふらつかせた。

だが、倒れなかった。すぐに体勢を立て直し、半自動で撃ち返してくる。
五、六発たてつづけに放たれた。多門は身を伏せ、二弾目を疾駆《しっく》させた。水野が素早く横に逃げる。
多門は斜め後ろの小部屋に入った。

水野を誘い込む気になったのだ。窓のそばに飾り棚があった。多門は、飾り棚を前に引き出し、棚と壁の間に入った。

そのすぐ後、水野が部屋の入口に立った。

多門は顔半分を飾り棚から突き出し、また消音器付きのワルサーP5の引き金を絞った。放った銃弾は、水野の脇腹に命中した。

水野の腰が砕けた。それでも片膝を床に落としただけだった。スターリング・サブマシンガンを構え直し、全自動《フルオート》で扇撃《ファニング》ちしはじめた。

かすかな発射音が連続して響き、飾り棚の陶器やガラスの置物が派手に砕け散った。

飾り棚を突き抜けた九ミリ弾が丸太《ログ》にめり込む。

銃声がしないだけに、かえって無気味だった。ワルサーP5の残弾は一発だ。

水野を表に誘《おび》き出そう。多門はグロック17をベルトの下に差し込み、飾り棚を怪力で横にずらしはじめた。棚を楯《たて》にしながら、窓の前まで移動した。

両開きの扉を開け、多門は窓の下に飛び降りた。ワルサーP5を右手に持ち替え、ログハウスの後ろの斜面を一気に駆け昇る。

山林の中に足を踏み入れたとき、笹の山荘から水野が走り出てきた。

左肩と脇腹は鮮血に染まっていた。凄まじい形相《ぎょうそう》だ。

多門は樫《かし》の大木に身を寄せ、ワルサーP5を構えた。雪は一段と激しく降りしきっている。見通しはよくない。

水野が斜面の下から、またファニングしてきた。銃弾が樹木の幹にめり込む音が、何度も聞こえた。樹皮や小枝も弾け飛んだ。

少し経つと、小さな発射音が途絶えた。

弾倉が空になったのだろう。反撃のチャンスだ。多門は山林から躍《おど》り出て、水野の左の膝頭を撃ち砕いた。

水野が雪の上に倒れる。

英国製の短機関銃と予備の弾倉が、弾みで手から離れた。多門は斜面を下《くだ》り、弾倉に手を伸ばしかけている水野の側頭部を蹴った。

水野は声をあげながら、斜面の下まで丸太のように転がっていった。雪が斑《まだら》に赤く染まった。

多門はワルサーP5を投げ捨て、スターリング・サブマシンガンと弾倉を拾い上げた。

三十四発の九ミリ弾の詰まった弾倉は、ずしりと重かった。

多門は短機関銃に新しい弾倉を叩き込み、セレクターを半自動《セミオート》に移した。

「ひと思いに殺《や》ってくれ」

水野が呻きながら、そう訴えた。

「そうはいかない。てめえには、たっぷり苦しんでもらう」

「くそっ！」

「藤原の殺しをいくらで請け負った？」

「五百万だ」

「安すぎる！　あいつの命は、値なんかつけられなかったのに」

多門は言い返し、水野の両腕に一発ずつ撃ち込んだ。

水野が跳《は》ねて、体を左右に振った。

「てめえの連れの女は、どこの誰なんだっ」

「行きずりの女さ。金をやって、藤原とかいう新聞記者を『エメラルドホテル』の七〇五号室に誘い込んでもらったんだよ」

「藤原が中国人マフィア同士の乱闘を目撃してたことは、新聞で知ったのか？」

「いや、笹氏が教えてくれたんだ。で、北京マフィアの犯行に見せかけようとしたんだよ」

「藤原の手帳を奪ったのは、てめえだなっ」

「そうだ」

「なんで藤原の性器まで切断したんだっ」

「ミスリード工作だよ。外国人の犯行に見せたかっただけだ。ほかに理由はないよ」

「そうかい」

多門は冷笑し、水野の股間に九ミリ弾を浴びせた。水野が絶叫し、白目を晒《さら》した。痙《けい》攣《れん》しながら、ほどなく気を失った。

多門は、ふたたびログハウスの中に入った。

その瞬間、星の形をしたナイフが飛んできた。廊下の陰に根岸がいた。片脚を痛そうに引きずっている。

特殊ナイフが、また投げられた。

多門は身を躱《かわ》し、スターリング・サブマシンガンの引き金を絞った。下半身に四、五発被弾した根岸が頽《くずお》れた。

多門は根岸に走り寄って、顔面を蹴り上げた。そのまま、居間に走り入る。

笹の姿はなかった。札束も株券の類も見当たらない。まだ遠くには逃げていないだろう。

多門は居間の窓から、車寄せを見た。

ちょうどそのとき、メルセデス・ベンツが走りだした。運転席にいるのは、笹恭吾だった。

多門は居間からテラスに飛び出した。

すると、庭の繁みに潜んでいた暴力団員風の男たちが姿を見せた。四人だった。いずれも三十代の前半だろう。

二人はノーリンコ54を構えていた。中国でパテント製造されているトカレフだ。別の二人は、短く銃身を切り詰めた散弾銃《ショットガン》を手にした。

「お、おめら、じゃ、邪魔すんでね。く、くたばりてえのかっ」

多門は怒鳴った。

四人が一斉に発砲する構えをとった。多門はフルオートで掃射した。

男たちが相次いで倒れる。狙ったのは腰から下だった。

多門はテラスから飛び降り、ログハウスの前に走り出た。笹の車は、すでに見えなかった。

卑怯な野郎だ。この決着《オトシマエ》は東京で必ずつけてやる！

多門は雪道に立ち、タイヤの痕を睨みつけた。

エピローグ

数日後の夕方である。

休日だった。笹恭吾は二人の若い男に挟まれ、公園のベンチに腰かけていた。ジョギングの途中で、ひと休みしているところだった。いつも休日にはジョギングをしているのだろう。

公園は田園調布の豪邸街の中にあった。

小さな池を囲む形で、さまざまな樹木が植わっている。常緑樹が多い。

多門は植え込みの中にいた。

あたりに人影がないのを確かめてから、彼はベンチに近づいた。足音を聞き、二人のボディーガードが同時に立ち上がった。どちらも屈強《くっきょう》そうだ。おおかた武闘家だろう。

「騒ぐんじゃねえ」

多門は懐から、グロック17を取り出した。

二人のボディーガードはさすがに身を竦《すく》ませた。笹がベンチから腰を浮かせ、言葉にならない声を発した。

多門は二人の用心棒を自動拳銃で威嚇《いかく》して、地べたに這《は》わせた。男たちは忌々《いまいま》しげだったが、抗《あらが》う素振《そぶ》りは見せない。

「二人の殺し屋と稲森会の四人は、くたばらなかったようだな。あの六人のことは、新聞にもテレビニュースにも出てなかった」

「黒磯《くろいそ》に親しくしてる外科病院の院長がいるんだよ。その病院に、六人をこっそり担《かつ》ぎ込んだんだ」

「おれが殺されたかどうか知りたくて、あんたは山荘に戻ったってわけか」

「そうだ。わたしが悪かったよ。約束の金は払う。歩いて五、六分の所に、わたしの家があるんだ。金と証券類は自宅にあるんだよ。ただ、それだけでは三億に満たない。足りない分は、自宅の土地の権利証で……」

笹が言った。

「銭《ぜに》は、もういらねえ」

「め、目をつぶってくれるのか？」

「甘《あめ》えな」

「わたしをどうする気なんだ⁉」

「すぐにわかるさ。残忍な犯罪の絵図を画《か》いた人間には、それなりの仕置きをしないとな。残忍犯め！」

多門は左目を眇《すが》め、指笛を鳴らした。

すると、植え込みに潜《ひそ》ませていた十代後半の少年たちが五人現われた。そのうちの二人は鉄パイプと角材を持っていた。

「あの子たちは何者なんだっ」

「渋谷の半グレだよ。広瀬真紀を知ってる坊やばかりだ。連中に真紀が殺された理由を話してやったら、復讐を兼ねてオヤジ狩りをしたいって言い出してな」

「オヤジ狩り⁉　あの子たちに、わたしをリンチさせるつもりなのか？」

「そういうことだ。おれがあんたを半殺しにするつもりだったが、それだけの価値もないからな」

「何とか赦《ゆる》してくれないか」

笹が両手を合わせた。怯《おび》えきっていた。

多門は、半グレたちに目配せした。角材を持った少年が最初に動いた。

笹は後頭部を角材で強打され、その場にうずくまった。

今度は鉄パイプが唸った。笹は側頭部を叩かれ、横に転がった。頭と耳から血が噴《ふ》いている。夥《おびただ》しい量だった。

「おまえら、何をするんだっ」

ボディーガードのひとりが一喝《いっかつ》した。

少年たちが殺気立った目で、ボディーガードを睨《ね》めつけた。ボディーガードは気圧《けお》され、すぐに目を逸《そ》らした。

「救急車に乗せられたくなかったら、おとなしく見物してな」

多門は二人の用心棒に交互に銃口を向けた。

二人は完全に屈した。五人の少年は笹を罵《ののし》りながら、代わる代わる蹴りまくった。鉄パイプや角材も振り下ろされた。怒号と悲鳴が交錯した。

やがて、笹はぐったりと動かなくなった。顔もジョギングウェアも血みどろだった。半《なか》ば意識を失いかけている。

「気が済んだか？」

多門は、リーダー格の少年に声をかけた。

「まあね。ほんとは殺《や》っちまいたいとこだけどさ」

「こんな屑野郎《くずやろう》のために人殺しになることはないよ」

「そうだね。それじゃ、おれたちは……」

リーダー格の少年が仲間たちに目配せした。

血塗れの鉄パイプと角材は、植え込みの奥に投げ捨てられた。ほどなく五人の少年は姿を消した。

「おそらく笹は脳障害で、おまえらを雇《やと》ったことも思い出せないだろう。二人とも別の雇い主を見つけるんだな」

多門は笹の用心棒たちに言い捨て、急ぎ足で公園を出た。

ボルボに乗り込み、調布市の藤原の自宅に向かう。三十数分で、藤原の家に着いた。

別棟のインターフォンを鳴らすと、ゴリラの大きな縫いぐるみを抱えた歩《あゆむ》が玄関のドアを開けた。

「おじちゃんか。もうパパに会えないよ。パパ、死んじゃったんだ」

「でも、きみにはお母さん、それからお祖母《ばあ》ちゃんもお祖父《じい》ちゃんもいるじゃないか。だから、淋しくないよな?」

多門はグローブのような手で、藤原の遺児の頭を撫《な》でた。

「でも、時々、泣いちゃうよ。だってさ、もうパパに遊んでもらえないんだもん。このゴリラさんに新しいパパになってって頼んだんだよ、ぼく。だけど、返事をしてくれないんだ」

「きっと心の中で、『いいよ』って言ってるさ」

「そうかな。そうだ！　おじちゃん、ぼくの新しいパパになってよ」

歩がそう言い、多門の太い腕にぶら下がった。

多門は返答に窮した。胸のどこかが軋《きし》んだ。頭の中で言葉を探していると、玄関ホールの奥から瑶子が現われた。

「ママ、このおじちゃんに新しいパパになってもらおうよ」

歩がねだって、今度は母親にまとわりついた。瑶子が顔を赤らめ、生返事をする。

「報告したいことがあって、お邪魔したんだ」

多門は若い未亡人に言った。

瑶子がうなずき、歩を母屋《おもや》に行かせた。多門は遺骨のある奥の和室に行き、まず遺影の前に坐った。線香に火を点け、心の中で事件が解決したことを告げた。

合掌を解《と》いたとき、瑶子が口を開いた。

「主人を殺害した犯人がわかったんですね？」

「そうなんだ。実行犯は水野準という殺し屋だったんだが、そいつを操《あやつ》ってた悪党がいたんだよ」

多門は、一連の事件の真相を語った。むろん、自分が強請《ゆすり》を働いたことは口にしなかった。

「それじゃ、黒幕の笹と薬師寺はもう警察に捕まってるんですね」

「いや、まだ警察には通報してないんだ。藤原が何かと面倒を見てた亀貝君にスクープさせてやろうと思ってね。彼も、自分で密《ひそ》かに犯人捜しをしてたんだよ」

「そうだったの。まったく知りませんでした」

「亀貝君が協力してくれたから、何とか事件の真相を暴《あば》くことができたんだ」

「そうなんですか。それでは、お二人に感謝しなければね。ありがとうございました」

瑶子が両手を畳について、深々と頭を下げた。

「そんなふうに改まって礼を言われると、どうしていいかわからなくなる。もう頭を上げてほしいな」

「は、はい」

「実は報告かたがた、金を返しに来たんだよ」

「えっ、お金ですか⁉」

「そう。まだ藤原が独身のころ、おれ、あいつから五百万円を借りたんだ。ちゃんと借用証を書くって言ったんだが、藤原はそんなものは必要ないって、どうしても受け取ってくれなかった」

多門は言った。事実ではなかった。そうした作り話をしなければ、歩の教育資金の一部を負担できないと考えたのである。

「そういう話は一度も聞いたことがないわ」

「藤原は、そういう男なんだよ。あのときに借りた五百万円は、多分、あいつの全財産だったんだろうな」

「そうだったんでしょうか？」

「そうにちがいない。本来なら、ちゃんと金利を払わなきゃいけないんだが、そんなことをしたら、藤原は水臭いって怒るだろう。それだから、きっかり五百万円の小切手を持ってきたんだ」

「でも、借用証書もないわけですので、小切手を受け取るわけにはいきません」

瑶子が胸の前で、片手を横に振った。

多門は、上着のポケットから抓《つま》み出した五百万円の小切手を瑶子の膝の前に置いた。

「返済までに六年近くかかったが、借りた五百万には大いに助けられたんだ。長い間、本当にありがとう」

「困ったわ」

「受け取ってもらえるまで、おれは帰らないよ」

「ですけど……」

「とにかく、受け取ってくれないか。借用証を書かなかったんだから、別に領収証は必要ないんだ」

「それでは一応、お預かりしておきます」

「預けるんじゃないよ。おれは借金を返しに来たんだ」

「多門さんは強引な方ね」

「男は、押しが大事だからな。押して、押して、押しまくりゃ、飛びきりの美女も何とかなる」

「うふふ。いま、お茶を淹《い》れます」

瑶子が腰を浮かせた。

「いや、これから毎朝タイムズに行こうと思ってるんだ。早く亀貝君に証拠の録音音声を渡したいんでね」

「そういうことなら、無理にお引き留《と》めするのは、かえってご迷惑でしょう」

「四十九日の納骨のときに、また！」

多門は立ち上がって、玄関ホールに向かった。

瑤子に見送られて、藤原の家を出る。多門はボルボに乗り込み、毎朝タイムズをめざした。

亀貝に事件のことをどこまで話すか、いまも決めかねていた。薬師寺の自白音声を渡してしまったら、矢吹千秋や筒井里織の根回しをさせられなくなる。

小谷の声の収まった録音音声のメモリーを亀貝に渡すこともできない。そんなことをしたら、千秋たちが〝やらせ〟に関わっていたことまでわかってしまう。

とりあえず、明日香建設の笹専務だけを悪玉にしておくか。そして千秋がプロデューサー、里織がキャスターになったら、自分が薬師寺を個人的に裁くことにしよう。小谷は、当方に三億円を強請《ゆす》り取られたことを誰にも喋らないはずだ。

多門はステアリングを捌《さば》きながら、胸の奥で呟いた。

亀貝と別れたら、美寿々と朱花《ツウホワ》に会いに行くつもりだ。美寿々にはライブハウスの運転資金、朱花《ツウホワ》には当座の生活費を渡す気でいる。一件落着だ。

多門は口笛を吹きはじめた。

道路は、思いのほか空《す》いていた。多門は一気に加速した。

本作品はフィクションであり、実在の
個人・団体などとは一切関係がありません。

２０１２年７月　祥伝社文庫刊
（『毒蜜　首なし死体　新装版』改題）
再文庫化に際し、著者が大幅に加筆しました。

実業之日本社文庫　最新刊

阿川大樹
終電の神様　殺し屋の夜
反対方向の終電に飛び乗ったエンジニア、終電で赤子を捨てに行く女性——運命も罪も、終電が変えていく。累計五十万部突破のシリーズ待望の第四作。
あ134

安達 瑶
悪徳令嬢
理事長の不正が噂される私立大学を舞台に、巻き髪が美しい謎の令嬢と冴えない非常勤講師の凸凹コンビが真相に迫る、ブラックユーモア・ミステリー！
あ88

近衛龍春
武士道　鍋島直茂
死ぬことと見つけたり——「葉隠」武士道はこの漢から始まった！　秀吉、家康ら天下人に認められ、戦国乱世の九州を泰平に導いた佐賀藩藩祖、激闘の生涯！
こ62

櫻井千姫
ひとりぼっちの殺人鬼
「人を殺してみたかった」と親友を殺害した少女。彼女が隠し持つ本当の動機とはいったい…。心の闇に棲む孤独な殺意を追う、戦慄のヒューマンミステリー。
さ102

白井智之
お前の彼女は二階で茹で死に
自殺した妹リチウムの仇を討つために、刑事になったヒコボシ。事件の謎を解くのは女子高生探偵マホマホ。スラッシャー小説×本格ミステリ!!（解説・乾くるみ）
し91

実業之日本社文庫 み 7 25

毒蜜《どくみつ》 残忍犯《ざんにんはん》 決定版《けっていばん》

2022年8月15日 初版第1刷発行

著 者 南《みなみ》 英男《ひでお》

発行者 岩野裕一
発行所 株式会社実業之日本社
〒107-0062 東京都港区南青山 5-4-30
emergence aoyama complex 3F
電話 [編集]03(6809)0473 [販売]03(6809)0495
ホームページ https://www.j-n.co.jp/
DTP 株式会社千秋社
印刷所 大日本印刷株式会社
製本所 大日本印刷株式会社

フォーマットデザイン 鈴木正道(Suzuki Design)

ISBN978-4-408-55752-6(第二文芸)